KB271434

그토록 간절했던 평범함 굿바이

굿바이

그토록

간절했던

평범함

프랜시스 오룰 도웰 지음 강나을 옮김

도서출판 **또하나의문화**

에이미 그레이엄과 다니앨 폴에게

두 사람과 함께였다면 고등학교 생활이 훨씬 더 멋졌을 거예요.

감사의 말

가장 힘든 역할을 맡아 주신 케이틀린 들라우이와 카일리 프랭크에게 언제나 그렇듯 감사의 마음을 전합니다. 또한 소설의 수정 편집을 즐거운 과정으로 만들어 주신 앨리슨 벨레아와 밸레리 셰아, 그리고 이 책의 모습을 아름답게 만들어 주신 데브라 스펫시오스-코노버와 엘리자베스 블레이크 린, 감사합니다. 남편 클리프튼 도웰, 아들 잭과 윌, 이 세상 최고의 개 트래비스에게 끝없는 감사의 마음을 표합니다. 그리고 제가 바이올린을 배우고 닭들과 염소들이 등장하는 책을 쓰도록 영감을 불어넣어 준 책《내 손으로 직접》을 쓴 제나 워긴리치에게 고마움을 빚지고 있음을 밝힙니다.

끝으로, 언젠가 제가 농장에서 살게 된다면 그것은 끝내주게 멋진 사람, 웬델 베리 덕분이라는 점을 말해 두고 싶습니다.

여러분 모두 후트내니 파티에 초대받으셨습니다.

1

농장 소녀의
멋진 인생

그 지독한 냄새가 어디서 나는지는 아무도 모르지만, 오늘 아침 스쿨버스에 탄 모두가 그 냄새를 맡고 한마디씩 한다.

"으, 분명 버스가 스컹크를 친 거야!"

버스 뒷자리에 앉은 사차원남1의 말이다.

"나 어릴 때도 우리 차가 스컹크 친 적 있었거든. 근데 냄새가 와아, 어찌나 지독하고 안 빠지는지 차를 내다 버려야 했다니까."

그러자 그의 친구, 사차원남2가 대답한다.

"아니. 스컹크 아니야. 이 냄새는 분명 똥 냄새야."

"대변 냄새라고 해. 대변 냄새."

"똥이라고 하는 게 어때서."

사실 우리의 코를 괴롭히고 있는 그 냄새의 정체는 내 신발이다. 아니 좀 더 정확하게 말하자면 내 신발에 묻은 똥이다.

염소 똥.

그 지독한 냄새의 근원지가 내 왼발이란 것이 분명해지자 제발 그놈의 플랫 슈즈를 창밖으로 던져 버리라는 야유와 간청이 날 둘러싸고 웅성웅성 터져 나왔다.

"창밖으로는 아무것도 못 던져. 냄새가 얼마나 지독하든 간에 안 돼."

앞에서 외치는 운전사 아저씨다.

내 주위에 앉아 있던 모든 아이들이 버스 뒤쪽으로 옮겨가 한 줄에 셋씩, 심지어 넷씩 끼여 앉아, 나는 빈자리들의 바다에 홀로 남았다. 얼굴뿐 아니라 몸 전체가 용암처럼 벌겋게 달아올랐다.

또다. 농장 소녀의 굴욕이다.

냄새 나는 내 발걸음을 버스 정류장, 우리 집 입구, 현관문, 뒷문, 염소 우리까지 머릿속으로 역추적했다. 염소젖 짜기는 매일 아침 내가 첫 번째로 하는 농장 일이고, 등교 준비가 늦었을 땐 나갈 옷을 입은 채 염소젖을 짜는 모험을 감행한다. 염소젖이 내 청바지에 튀거나 흐르지 않게, 그리고 향긋한 염소 똥덩어리들을 밟지 않게 조심조심하며.

평소보다 준비가 늦은 오늘 아침, 엄청난 속도로 젖을 짰다. 하지만 옷에도, 심지어 바닥에도 한 방울도 흘리지 않아 뿌듯한 마음이 들었던 것이 기억난다. 그렇다. 나는 녀석들의 젖에 집중하느라 녀석들의 배설물에는 미처 신경 쓰지 못한 것이다.

학교에 도착하자마자 탈출하듯 버스에서 내린 나는 학교 2층 미술실 옆 여자 화장실로 질주했다. 위치상 편리한 1층 화장실에 비해 한산하기를 바라며. 방열기 옆에 두 아이가 옹송그리고 있는데, 한 아이는 울고 다른 아이는 위로해 주고 있다. 화장실엔 이 둘뿐인 것 같다. 위로해 주던 아이가 둘만 있던 공간을 침범한 나를 쏘아보기에, 나는 어색하게 미소 지으며 내 신발을 들어 보였다.

"운 나쁜 사고가 좀 있었어. 나한텐 신경 쓰지 마."

내 생각보다 더 멍청하게 들렸으리라.

흐느끼고 있던 아이가 킁킁거리는가 싶더니 헉, 하며 물었다.

"이거 무슨 냄새야?"

나는 종이 타월 한 뭉치를 뽑아 움켜쥐며 대답했다.

"내 신발에서 나는 냄새야. 미안. 오늘 아침에 염소 똥을 좀 밟아 가지고. 게다가 금방 배설한 거였나 봐. 보통 냄새 별로 심하지 않거든. 염소 똥덩어리는 대체로 꽤 건조해."

흐느끼던 아이가 날 알아보며 눈이 동그래졌다.

"너 나랑 체육 수업 같이 듣지 않아? 전에 너, 다리에 심한 발진 생기고 그랬잖아. 건초인가 뭔가 때문에. 맞지?"

"그건 우리 아빠가 쓰는 유기농 비료 때문이었어."

나는 십대 소녀들의 더없이 평범한 대화 내용이라는 듯이 말하려 애썼다.

"벌레로 만든 비료에 내가 알레르기가 있더라고. 그렇다고 내가 벌레에 알레르기가 있는 건 또 아닌데, 참 이상하지."

두 아이는 잠시 서로를 마주 보더니 마구 웃기 시작했다. 울던 아이가 말했다.

"이렇게 희한한 소리 하는 애 처음 봐. 너 완전 특이하다."

아이쿠, 내 덕에 기분이 좋아졌다니 다행이네.

두 아이는 여전히 킥킥거리며 화장실을 나갔고, 나는 염소 똥 냄새가 최대한 희미해질 때까지 신발을 문질렀다. 나는 신발을 신고 가방을 메고 화장실에서 나와 재빨리 내 사물함으로 갔다. 눈을 내리깐 채로. 부디 버스에 함께 탔던 아이들은 아무도 주위에 없거나, 있다 해도 날 알아보지 못하길 바라며.

"신발 멋진데!"

사물함 근처에 모인 운동부 무리 중 누군가의 외침이었다.

"이야, 이 냄새, 향수로 만들어야 되겠어! 오 드 똥!"

나는 코로 깊이 숨을 들이쉬었다. 내 단짝 친구 새라의 요가 잡지에서 본 대로 하는 것이다. 숨을 들이쉬면서, 즐겁고 긴장이 이완되는 장면을 상상하여 그 장면에 집중하고, 숨을 내쉬라고 했다.

나의 반항적인 뇌가 즉시 떠올린 장면은 실안개가 끼고 야생화들 사이로 나비들이 떠다니는 여름날 아침의 농장 풍경이다. 긴 발코니가 있고 하얀색으로 깨끗하게 칠해진 집이 보이고, 하늘색 덧문들도 보인다. 방충망 문을 닫는 소리, 닭들이 평화롭게 꼬꼬 대는 소리가 들린다.

바로 우리 집과 농장이다. 아아, 이렇게 마음이 평온해질 수가. 날 1학년 전체의 웃음거리로 만든, 전교 최악의 별종이 되게 한 그 장소를 그리며 명상을 하니 말이다.

그리고 애초에 농장에서 살자고 한 게 바로 나였다는 사실이 떠오르니 말이다.

2

나는 어떻게 내 인생을 망쳤는가?

모든 열다섯 살들처럼, 나는 한때 열 살이었다. 돌아보면, 나는 청가실 정도로 활기차고 열정적인 열 살이었다. 사실 나는 평생 열정적이었다. 이번 가을, 고등학교 생활이 내 열정을 한 방울도 남김없이 집어삼키기 전까지는 말이다.

그해, 우린 덜컹거리는 노란 스쿨버스를 타고 어느 유기농 농장으로 수학여행을 갔다. 아기가 있는 젊은 부부가 한 무리의 닭들과 염소 네 마리를 키우고 있었다. 부부는 친환경 농법으로 채소를 키우는 일에 대해, 그리고 소들이 극히 불행한 환경에서 사육되는 사악한 공장식 축산 농장에 대해 많은 이야기를 했다. 그 여행에서 내 마음을 사로잡은 것은, 견학이 끝나고 부부가 우리에게 내어 온 염소젖 치즈와 집에서 만든 빵이었다. 그때 '와, 농부들은 정말 좋은 걸 먹고 사는구나.' 하는 생각과 함께 갑자기 마음을 정했다. 남은 인생을 농장에서 살고 싶다고 말이다.

앞서 말했듯이, 나는 열정적인 어린이였다. 언제나 새로운 아이디어들을 제안했고(우리, 뒷마당에 말 키워요! 우리, 노숙자 한 명 입양해요!), 엄마 아빠는 언제나 거절했다. 그래서 염소를 키우고 빵을 구우며 농장에서 살면 우리가 훨씬 행복할 것 같다는 생각이 진심인 나였지만, 엄마 아빠에게 그 생각이 진지하게 받아들여지리라고는 기대하지 않았다.

농장으로 이사 가 염소를 키우며 살자는 이야기를 꺼냈을 때, 우린 저녁 식탁에 앉아 속까지 충분히 덥혀지지는 않은 냉동 라자냐를 먹고 있었다. ("라자냐 샤베트라고 생각해." 하는 엄마의 말에 참 어리고 열정적이었던 나는 정말 그렇게 생각해 보고 있었다.) 나는 농장에서 사는 것의 많은 장점(첫째는 염소젖 치즈를 얼마든지 먹을 수 있다는 것, 둘째는 잊어버렸다.)을 댄 다음 의자에 등을 대고 앉아, 안 된다는 말을 들을 차례라고 생각했다.

하지만 엄마는 고개를 저으며 (말 사육과 노숙자 입양 제의에 대해 대답했듯) "미안하지만 제이니, 지금 우리 가족한테는 그 생각이 잘 맞지 않는 것 같아."라고 말하는 것이 아니라, 아주 조용해졌다. 조금 반짝이는 눈과 꿈꾸는 듯한 표정으로 아빠를 바라보았다. 잠시 그러고 있다, 드디어 이렇게 말했다.

"네 아빠랑 나, 농장에서 살면 어떨까 하는 얘기 참 많이 했거든. 그렇지, 여보?"

"이 녀석들 낳기 전에 그랬지. 인생이 미친 듯이 정신없어지기 전에."

"농장에서 살면 인생이 그렇게 정신없지 않을 거야, 아빠. 농장은 평화롭잖아."

나는 아무것도 모르고 이런 소릴 하고 있었다. 농장에 대한 내 경험은 한 번의 수학여행, '신나는 동물 농장'과 '치킨 리틀'과 타자하는 젖소가 나오는 그림책 200여 권이 전부였다. 하지만 분명 내 제안은 엄마 아빠의 심금을 울려, 교외를 벗어나 우리가 먹을 것을 직접 기르고 닭을 길러 날마다 신선한 달걀을 얻으면 얼마나 좋을까, 하는 이야기로 발전했다.

나는 말했다.

"엄마 아빠 직장도 그만둘 수 있을 거야. 밖에서 신선한 공기 쐬면서 지낼 수 있어. 엄마 아빠 건강에 정말 좋을 거야!"

아빠는 말했다.

"글쎄, 엄마 아빠가 직장을 그만둘 수 있을 것 같지는 않은데요, 목동 아가씨. 사실, 나는 직장 그만두고 싶은 마음도 없고. 그래도 멀리 나가 시골에서 사는 건 괜찮을지도 모르겠는데."

나는 멍하니 의자에 기대앉았다. 나의 부모님이 실제로 내 제안을 진지하게 받아들이고 있다니! 내가 중요한 존재처럼, 거의 어른처럼 느껴졌다.

"정말 좋은 생각이다, 제이니."

엄마가 분명히 말한다.

"굉장한 제안이야."

아빠는 미소를 짓는다.

이제, 농장으로 이사를 가면 단짝 친구 새라와 더는 길 건너 사는 사이일 수 없다는 사실이 생각났다. 지난 4개월 동안 내게서 새라를 뺏어 가려 호시탐탐 노리던 메건 그랜트가 마음껏 새라에게 접근하는 동안 나는 시골에서 달걀을 줍고 있을 것이다. 아무도 없이. 혼자.

그건 그렇지만, 어쩌면 엄마 아빠는 드디어 내게 말을 한 마리 사 줄지도 모른다.

웬 떡인가.

나는 겸손하게 말했다.

"음, 엄마 아빠 생각이 정 그렇다면, 나도 농장에서 사는 거 동의해. 특히 마구간 있는 농장."

8개월 후, 우리는 농장주가 되었다. 농장으로 이사 간 첫날을 기억한다. 1892년경에 지어졌다는 농가. 한 줄기 바람에도 덜

컹거리는 창문이 달려 있고 추운 겨울 한밤중이면 끽끽 소리를 내는 넓은 오크 마루가 깔린 집의 계단을 미친 사람처럼 오르락내리락 뛰어다니며 내가 느낀 흥분을 말이다. 나는 '초원의 집'의 로라였고, '빨강 머리 앤'이었다. 나는 농장에 사는 소녀야! 바깥에서는 막 인동꽃이 피어나고 있었고 온 세상이 향기로웠다.

그리고 학교 친구들은 어땠냐고? 내 친구들은 농장으로 이사 간 것을 멋진 일이라 생각했다. 우린 농장 연못 옆에서 5학년 송년 파티를 열었고, 6학년 가을 축제는 우리 집 헛간에서 열렸다. 농장에 산다는 건 내 사회생활에 가산점이었다.

고등학교에 들어와 그 모든 것이 바뀌었다. 우선은, 고등학교에서 만난 그 누구도 우리 농장 마당에서 놀거나 우리 닭들에게 옥수수를 먹인 정겨운 기억을 품고 있지 않다. 또, 내가 아침 첫 30분을 보내는 염소 우리 냄새가 자주 몸에 배는 것을 아무도 귀엽다고 생각하지 않는다.

그 아이들은 희한한 일이라고 생각한다. 나를 희한하다고 생각한다.

그리고 나는 농장에서 사는 것이 실제로 희한한 일임을 깨달았다. 매일 아침 염소젖을 짜고, 마당 여기저기로 이동식 닭장을 밀며 돌아다니고, 매일 밤 설거지가 끝나면 달걀 껍데기와 원두커피 가루를 퇴비 더미에 버리고, 거름과 비료에, 청경채를 유기농으로 기르는 법에 지나치게 빠삭하고. 세상 어느 평범한 십대 여자아이가 이렇게 살겠는가?

아이들이 제대로 알고 있는 것이다. 나는 희한한 아이다.

그리고 다 내가 자초한 일이다.

3

한편,

농장에서는……

토요일 아침, 주말을 모르는 우리의 수탉, 타이 코브의 울음소리
에 나는 터무니없이 일찍 잠에서 깼다. 타이 코브에게 매일 매일
은 그저 해와 함께 잠에서 깨어야 하는 또 하나의 하루일 뿐이다.

나는 복도에서 서로 하품을 하며 마주친 아빠에게 말했다.

"점심으로 타이 코브 맛있을 것 같지 않아? 닭은 먹을 수 있잖
아. 추수감사절에 칠면조 대신 닭 먹는 사람들도 있대."

아빠는 아래층으로 향하며 말했다.

"우리한텐 타이 코브가 있어야 해. 타이 코브 없으면, 병아리
도 없는 거야. 너 병아리 좋아하잖아."

나는 아빠를 따라 쿵쿵거리며 계단을 내려갔다.

"아니, 병아리는 에이버리가 좋아하지. 적어도 화장실 변기

에다 넣고 물 내리기는 분명 좋아하지.”

나는 농장 생활이 채 얼마 지나지 않았을 때, 몸집이 작은 동물들에게 너무 마음을 주어서는 안 된다는 것을 배웠다. 가축을 변기에 넣고 물을 내려 버린 에이버리처럼 날 비탄에 빠뜨릴 포식자가 언제나 있기 마련이니까.

“몇 년이나 지난 일이잖아. 에이버리가 마지막으로 그런 게 언젠지 생각도 안 난다.”

“아빠, 우리 여기 겨우 5년 살았어. 무슨 고대 역사가 아니라고.”

아빠와 부엌에 가니 엄마와 내 아홉 살 여동생 에이버리가 스크램블드에그를 먹고 있다. 농장에서 얻은 신선한 달걀로 만든 거라고 강조할 사람이 있다면, 엄마다.

우리는 사실 농장에 사는 것도 아니라고 지적할 사람이 있다면, 나다. 우리가 사는 곳은 농장이라기보다는 꼬마 농장. 아니, 농장 시늉에 불과할 뿐이라고.

그런 식으로 생각하는 사람은 우리 집에서 나뿐이다.

아침 식탁에서 엄마가 말한다.

“오전에 집안일 좀 하고 나서 에이버리랑 벼룩시장 갈 거야. 너도 갈래?”

“난 새라네 갈 거야. 가서 과제 준비해야 해”

나는 컵에 주스를 따르며, 설사 아무 계획이 없더라도 '절대로 안 가'라는 뜻을 말투로 전했다.

"그래도 오후에 나 도와주기로 한 건 잊지 마라. 할런 할아버지 만나는 날이야."

아빠가 나가려다 말고 부엌 입구에 커피 머그잔을 들고 서서 말했다.

나는 한숨을 쉬었지만, 눈을 뒤집지 않으려고 정말 노력했다.

"알았어. 근데 거기에 오후 내내 꼭 있어야 해?"

"너 할런 할아버지 좋아하는 줄 알았는데."

아빠는 조금 상처 받은 목소리다. 아빠 자료 수집을 도우며 주말 오후를 더 보낸다는 생각에 왜 뛸 듯이 기뻐하지 않는지 모르겠다는 듯이.

"좋아해. 근데 지난번에 갔을 때 우리 거의, 한 다섯 시간은 있었잖아."

아빠는 못에 걸려 있는 분홍 모자를 집어 쓰며 말했다.

"정말 재미있으신 분이잖아. 또 세상에 영원히 계실 수 있는 것도 아니고."

사실 그 말은 맞다. 우리는 지금껏 할런 할아버지를 네 번 만나 뵈었고, 할아버지는 매번 아주 조금씩 더 작아져 있는 것 같았다. 언젠가 흔적도 없이 사라져 버려 다신 할아버지의 얘기를 듣지 못하게 될 것도 같았다.

아침을 먹은 후 나의 공식 '농장 청바지', 즉, 결코 다른 용도로는 입지 않고 오직 밖에서 농장 일을 할 때만 입는 바지, 그래서 어떤 배설물이 묻더라도 걱정할 필요 없는 청바지를 입었다. 사실 난 이 바지를 거의 세탁하지도 않는데, 굳이 그럴 필요가 없기 때문이다. 이 청바지에서는 "한 달에 한 번만, 그것도 꼭 필요한 경우에만 목욕할 거야."라고 선언한 에이버리 양께서도 코를 찡그리시는 뚜렷한 냄새가 나기는 하지만, 내겐 바로 그게 이 바지의 의미다. 내게 바지에 염소 똥 냄새 배는 농장 일을 시키려면, 냄새 정도는 참아들 주셔야지.

다음으로는 나의 공식 '농장 남방', 즉, 맨 아래 단추 두 개가 떨어지고 없는 파란 체크무늬 플란넬 남방을 입었고, 그 속에 받쳐 입고 있는 건 작년 크리스마스에 아빠가 선물로 준 '평화를 사랑하는 촌놈들' 티셔츠다. 아빠는 자꾸 왜 그 티셔츠를 남들이 다 볼 수 있도록 입지 않느냐고 묻지만 내 대답은 간단하다. 난 촌놈이 아니니까. 나는 농촌 사람이, 시골 소녀가 아니니까. 저기요, 지금 난 평범한 십대 소녀가 되어 보겠다고 온 힘을 다 하는 중이거든요. 좀 도와주시죠.

머드룸에서 정강이 가운데까지 오고 끈을 묶는, 이보다 더 촌스러울 수는 없는 작업용 부츠를 신는다. 하지만 진흙 밭을 쿵쿵

거리며 돌아다닐 때 예쁜 신발을 신는 것이 중요하진 않다. 사실, 오히려 예쁜 신발은 무슨 수를 써서라도 피해야 한다. 어제 뼈저리게 배웠듯이.

자, 이제 나는 상반되는 감정들을 한 보따리 품은 채 농장 세계로 들어간다. 농장은 아름다워! (냄새나.) 여긴 자연이야! (자연스레 냄새가 배.) 친환경적이야! (친환경적 냄새로 십대 소녀를 왕따 만드는 환경이야.)

"전엔 농장에 사는 거 좋아했으면서. 농장에 사는 게 이 세상에서 제일 멋진 일이라며."

내가 쇼핑몰이나 친한 친구 등, 이제는 아주 멀어져 버린 문화적 혜택을 누릴 수 없다며 불평할 때면 엄마는 이렇게 말한다.

"그때는 어렸을 때고. 이제는 컸잖아."

"그럼 이젠 농장이 하나도 안 좋아?"

이런 질문을 할 때면 엄마는 늘 너무나 실망 가득한 표정이다. 사실, 요즘 나에 대한 엄마 아빠의 가장 주된 반응은 '어찌할 바를 모르는 실망감'인 것 같다. 새라는 우리 부모님의 반응은 양호하단다. 새라 말에 따르면, 새라의 계획과 생각들에 대한 새라 부모님의 반응은 '충격 섞인 못마땅함'에 가깝다. 사실 새라네 부모님이 꽤 엄한 면이 있는 것은 사실이지만, 적어도 그분들은 딸의 말과 행동 하나하나를, 부모가 선택한 삶의 방식에 대한 비난이라는 듯 받아들이진 않는다.

"농장이 예쁘긴 하지. 그리고 엄마가 만든 빵 맛있어."

나는 인정했다.

엄마는 제빵의 달인이다. 우리가 이곳으로 이사 오기 전에 엄마를 알던 사람이라면 이 말에 소스라쳐 놀랄 것이다. 엄마는 요리를 못하는 것으로 유명하다시피 했다. 초등학교 3학년 때 엄마가 학부모회 빵 바자에 구워 보낸 초콜릿 칩 쿠키를 누가 잊을 수 있을까? 내가 쿠키가 가득 담긴 신발 상자를 내밀자 어느 학부모회 아주머니가 "어, 초콜릿 칩 쿠키네, 내가 제일 좋아하는 건데!"라고 신나게 재잘거리고는 내게 윙크를 하며 속삭였다. "하나만 먹을게. 비밀이야!"

아주머니는 하나를 슬쩍하더니, 입에 넣고, 씹고, 뱉었다. 정신을 차린 후 아주머니는 그 쿠키 상자를 테이블 밑에 넣고 내게 맥없는 미소를 지었다.

"저기, 이건 나중을 위해서 아껴 두는 게 좋겠다."

대체로 엄마는 빵을 굽지 않았고 음식을 만들지 않았다. 엄마는 사 오고, 해동하고, 데웠다. 전자레인지를 엄청나게 돌렸다. 하지만 시골로 이사 온 후, 엄마는 조리와 제빵에 진지하게 접근하기로 결정했다.

"모든 걸 손수 만들며 살고 싶어."

엄마는 이렇게 선언한 후 겨우 몇 달 만에 베이킹소다가 베이킹파우더의 대용품이 아니라는 것을 알게 됐고, 레시피는 설사 지루한 단계라도 건너뛰지 말고 충실히 따르는 것이 좋은 일이란 걸 알게 됐다.

그래, 농장 생활의 분명한 장점은 엄마가 먹을 수 있는 음식을 만든다는 점이었다.

가끔은 예전처럼 농장에 애정이 없는 것에 죄책감을 느낀다. 더는 공유할 것이 없어진 친구와 놀지 않게 될 때 느끼는 죄책감과 비슷하다. 좋은 아이라고는 생각하지만 서로 할 이야기가 아무것도 없을 때. 친구는 축구에 빠져 있는데 나는 농구에 빠져 있고. 친구는 파티를 좋아하는데 나는 도서관을 좋아하고. 친구는 윤작에 대한 생각으로 가득한데 나는 거름 묻은 신발로 학교 복도를 걷는 굴욕을 피하고만 싶은 생각으로 가득하고.

우리에서 염소 소녀들이 날 기다린다. 로레타 린이 총총걸음으로 다가와 코를 내 팔에 문지르며 인사한다. 로레타 린은 정겨운 벗들인 팻시 클라인, 키티 웰즈와 함께 누비안 염소라, 높고 멋진 코를 지녔고 그림책 속 염소들과는 생김이 전혀 다르다. 로레타 린이 세 염소들 중 가장 애정 표현을 많이 한다. 아마도 염소 서열에서 가장 밑에 있기 때문일 것이다. 언젠가는 복도에서 자기에게 알은체를 하는 아이가 있겠지, 하는 희망으로 모두에게 친절하던 8학년 때의 앤디 로원을 생각나게 한다.

　나는 한 손에는 양동이를 한 손에는 간이 의자를 들었다. 염소젖 짜기 경력 4년차의 상당한 전문가가 되었지만, 얼굴 붉히지 않고 '젖꼭지'라는 말을 할 수 있던 열한 살 때와 달리 지금은 '젖꼭지'란 말을 생각만 해도 몹시 민망하다. 하지만 단어상의 불편함만 빼면, 나는 사실 염소젖 짜기를 좋아한다. 크림처럼 부드럽고 맛있는 치즈가 될 젖이 양동이 한가득 찬 모습을 보면 만족스럽다.

　또 염소젖을 짜는 일이 치유 효과가 있다는 것도 알게 되었다. 젖을 짜는 동안 염소들이 편안하게 느낄 수 있도록 이야기를 하는데, 그러려면 이야기할 거리가 있어야 하고, 녀석들은 그게 무엇이든 상관하지 않기에 나는 주로 나에 대해 이야기한다. 녀석들은 실제로 내 얘길 꽤 재미있어 하는데, 내 삶이 얼마나 별 볼일 없는지를 생각하면, 그건 놀라운 일이다.

　"그래서 새라랑 나, 발표 준비 벌써 시작하게 됐어. 완전 놀랐지, 뭐. 11월 되기 전까지는 예정도 아니었으니까. 그런데 말이야, 준비를 처음부터 다시 시작해야 할 것 같아. 케이티 워먹이랑 린지 홀프가 자기네들이 우리보다 먼저 매들린 올브라이트[1]를 발표 주제로 정했다고 하는 바람에. 순 거짓말인데 모리슨 선생님은 알 턱이 없지. 답답한 노릇이야. 그리고 모리슨 선생님이랑 케이티 워먹네 엄마가 같은 대학교를 나왔다나 그래서, 케이티는 모리슨 선생님 수업에선 뭐든 하고 싶은 대로 할 수 있어."

로레타 린이 어깨 너머로 나를 동정하듯 쳐다보았고, 나는 기분 좋게 이야기를 계속했다. 다른 사람들이 날 지독한 멍청이로 볼까 봐 걱정할 필요 없이 머릿속에 떠오르는 대로 아무렇게나 말하는 것이 얼마나 재미있는지는, 놀라울 정도다.

"엄마는 샐리 라이드2에 대해서 발표하는 게 어떻겠냐고 하는데, 괜찮기는 하지만 우주여행에 내가 별 흥미가 없어서 말이야. 새라도 마찬가지고. 그렇게 열성도 없는데 주제로 정하는 건 뭐랄까, 자세가 그렇잖아."

로레타 린이 마치 긴 강의, 이를테면 페루의 권리장전에 대한 긴 강의를 들으며 버틸 때처럼 자세를 고쳤다. 이 녀석이 내 얘기를 지루해할 수도 있나? 세 번째로 말하는 것 같기는 하지만 녀석은 '염소'인데. 서열이 꼴찌인 염소.

"미안."

나는 잠시 동안의 부루퉁한 침묵을 사과했다.

"어쨌든 발표 주제를 정해야 하고, 월요일에 제출하려면 오늘 오후에 정해야 하는데, 내가 끝내주는 인물을 생각해 내지 못하면 새라가 누구로 하자고 고집할지 알아? 새라가 어떤 김빠지는 제안을 할지 짐작할 수 있겠어?”

로레타 린이 편안해 보인다. 녀석은 내가 새라 욕을 할 때 참 좋아한다.

“셋 하면 같이 말하는 거다. 하나…… 둘…… 셋, 제럴딘 페라로!”

로레타 린이 깊은 실망의 감탄사를 메애, 내지른다. 그 1984년에 월터 먼데일과 경쟁했던 최초의 여성 부통령 후보? 그 제럴딘 페라로? 하고 묻는 것 같다.

“그래, 그 제럴딘 페라로."

새라 리먼은 내 가장 친한 친구다. 우리가 정확히 같은 날, 빅토리아 레인의 길 하나를 사이에 두고 마주 보는 두 집으로 이사 왔던 초등학교 입학 직전의 여름부터 지금까지. 처음 만난 날, 새라는 우리 집 현관 앞 계단에 앉아 있는 나를 보자마자 이렇게 외치며 다가왔다.

“여기 오면 있을 거라고 한 1학년 여자애가 너야?”

“누가 그랬는데?”

난 내 앞에 선 조그마한 여자애를 보며 물었다. 땋아 내린 노란 머리에 빨간색과 흰색 물방울무늬 리본을 묶은 그 아이는 결코 초등학교에 입학할 나이가 되어 보이지 않았다. 아마도 누군가가 이 유치원생에게 5일 저녁 연달아 콩을 먹는 조건으로, 함께 놀 초등학생을 얻어 주겠다고 약속한 모양이라 생각했다.

하지만 아니었다. 그 애는 조그만 손을 내밀며 말했다.

"난 새라야. 나도 1학년이야. 그러니까 우리 절친 돼서 이것 저것 나누며 지내자. 나는 언니가 있기는 한데, 언니는 나랑 아무것도 나누지 않아."

새라와 나는 그동안 많은 것들을 나누며 지냈다. 옷, 책, 귀걸이, 싸구려 잡지 사랑. 파격적이고 멋진 신발에 대한 열정. 그리고 멋지고 똑똑하면서도, 내면을 보고 여자를 좋아하는 남자애들이 사는 섬이 어딘가에는 존재할 거라는 굳은 믿음까지. 그런 마법의 땅을 아직 찾진 못했지만, 우린 희망을 버리지 않았다.

지난여름, 새라는 치과에서 《애틀랜틱》 잡지를 읽다가 가나의 카카오 농장에서 일어나는 아동 노동 착취에 대한 끔찍한 이야기를 읽었다. 초콜릿 없인 못 살던 새라였지만 이제 새라는 차마 초콜릿을 먹지 못한다. 해결책은? 가나 주재 미국 대사가 되어서 코코아 재배를 민주적이고 인도적이며 아동 친화적인, 모두가 기분 좋은 산업으로 바꾸는 것이다.

이 결심을 한 후 얼마 지나지 않아 수영장에서 새라는 내게 설명했다.

"원래 정치 쪽으로 진로를 생각해 봤었어. 그리고 나한테 초콜릿이 어떤 의미인지 알잖아."

미국 대사직 준비의 일환으로 새라는 '미국 여성 인물사'라는 선택 과목을 골랐고, 나도 이 수업을 함께 들어 우리는 적어도 수업 하나를 같이 듣게 되었다. 새라는 힐러리 로댐 클린턴이나 낸시 펠로시3 그리고 물론 전 부통령 후보이자 유엔인권위원회 미국 대사였던 제럴딘 페라로를 포함해 유명한 여성 정치인들에 대해 배우다 보면 유용한 정보를 얻게 될 거라 기대하고 있다.

염소젖도 짰고, 녀석들 밥 주고 물그릇도 갈아 주었으니, 이제 옷을 '실제 세계'에 맞게 갈아입을 시간이다. '농장 세계'에서 살다 보면, 혹은 우리처럼 아담한 부지에 닭 한 무리, 염소 몇 마리가 사는 '꼬마 농장의 세계'에서 살다 보면, 냄새나는 청바지와 진흙 묻은 부츠는 완벽히 수용되는 차림이다. 하지만 '실제 세계'에 나서려면 노력을 좀 해야 한다.

"아빠, 나 새라네 가. 나 차 태워 줄 시간 없어 보이는데, 있어?"

샤워를 한 후, 코를 찌르는 냄새가 나지 않는 청바지로 갈아입은 나는 뒷발코니에서 아빠에게 외쳤다. 우리 닭들이 살고 있는 이동식 닭장에 바퀴를 장착하고 있던 아빠는 고개를 저으며 대답했다.

"아니, 할 일이 너무 많아. 1시까지는 와. 알았지?"

“알았어.”

나는 차고 옆에 세워 놓은 오래된 자전거에 올랐다. 우리 집에서 도로로 이어지는 자갈길을 달리며, 모터 달린 자전거를 타고 이탈리아의 시골을 달리고 있다고 상상한다. 얼마 지나지 않아 베네치아 한가운데에 도착할 것이고, 매력적이고 멋진 패션을 자랑하는 친구들을 만나 에스프레소와 수다를 즐길 것이라고.

좌회전하여 호 리버 로드에 들어섰을 때, ‘농장 세계’는 존재조차 아득히 잊혀졌다.

지옥으로 달리는 버스

월요일이면 언제나처럼 농장 입구 근처에서 스쿨버스를 탄다. 다만, 오늘 아침에는 신발 냄새를 세 번이나 점검했다. 버스엔 내가 첫 번째로 버스를 타기 때문에 원하는 자리를 고를 수 있다. 내 생각엔 여섯째 열이 최적의 자리다. 버스에 오르는 아이들 눈에 매번 띄는 아주 앞자리도 아니고, 사차원남 둘이 초코 아이스바에 대한 철학적인 논의에 날 끌어들이려 하는 아주 뒷자리도 아니어서다.

시간이 오래 걸리는 버스 등교는 내 정신적, 심리적 건강에 매우 중요한 역할을 한다. 우선, 여러 중학교의 졸업생들이 한데 모인 맨빌 고등학교에선, 경보장치로 무장된 문을 지나 복도를 가득 메운 아이들 틈으로 들어서고 나면 나라는 존재가 너무 작아지기 십상이다. 그러니 내 인생이 하찮지 않다고, 아침마다 스스로에게 속삭이는 것이 중요하다. 설사 그 다음 일곱 시간 동안 그렇게 생각하는 사람을 단 한 명이라도 만날 가능성이 희박해도.

월요일의 버스 등교는 특히 중요하다. 내 이름을 알고, 내가 하는 말에 꽤 흥미롭다는 반응을 보이고, 공동체의 전반적인 행복에 대한 나의 기여를 고마워하는 사람들에 둘러싸여 주말을 보내고 학교에 오면, 아무도 내 이름을 들어 본 적조차 없는 것 같은 환경이 충격적으로 다가오기 때문이다. 설사 내 이름을 들어 보았다 해도, 어느 아침에 새라가 발견하고 떼어 주기 전까지 내가 머리에 붙이고 다닌 지푸라기 무더기 때문이거나 벌레로 만든 비료로 생긴 발진 때문이거나 또는…… 아니, 뭣하러 굳이 되짚나.

내가 왜 도서관에서 점심을 먹는지 궁금할 것이다.

"오늘은 식당에서 밥 먹자."

월요일마다 나는 이 말을 혼자 공책에 대고 속삭인다. 그러고는 그렇게 하지 못할 것을 알기에, 자리에서 어깨를 푹 숙인다. 새라가 B점심반에 배정됐더라면 이야기는 달랐을 것이다. 꼭 새라가 아니어도 중학교 친구가 한 명이라도 있었다면. 아니 그저 내가 다가갈 수 있을 것 같은, 마음 따뜻해 보이는, 친절할 것 같은, 연쇄 살인범 타입만 아니면서 홀로인 아이가 단 한 명이라도 있어 점심을 함께 먹을 수 있었다면 나는 만족했을 것이다. 난 까다롭지 않다.

불운하게도 B점심반은 미식축구 인기 선수들, 졸업 파티 퀸들, 전과자들로 가득하고 아는 얼굴은 전혀 없어 내 가슴은 미치도록 졸아든다. 나는 이틀 동안 점심시간에 혼자 앉아, 마치 헤드라이트를 쏘며 달리는 사냥꾼 트럭에 둘러싸인 새끼사슴처럼, 움츠러들고 구경거리가 된 기분으로 달걀 샐러드 샌드위치와 당근을 먹었다. 실제로는 누구도 나를 쳐다보고 있지는 않다는 것을 알았다. 그리고 내가 청바지 뒤에 염소젖을 잔뜩 묻히고 왔다든가 하는 불상사가 없는 한, 아무도 나를 쳐다볼 이유가 없다는 것도 알게 됐다. 구경거리가 되는 기분과 투명 인간이 되는 기분이 동시에. 고문이었다. 나는 달아났다.

나의 고등학교 생활 시작이 한층 더 외로워진 이유는, 자신의 옛날처럼 내 고등학교 생활도 마냥 좋을 거라 짐작하는 엄마 때문이었다. 집에 도착하자마자 엄마는 내 애길 듣고 싶어 나를 가만두지 않았다.

잔뜩 기대한 얼굴로, 엄마는 내게 브라우니와 우유 한 컵을 건네며 말했다.

"고등학교 시절은 모든 게 시작되는 시간이야, 제이니. 자, 여기 앉아서 오늘 일어난 일 전부 다 얘기해 봐."

여기에 중얼거리듯 건성으로 대답한 이후, 엄마와 내 사이는 변했다. 고1이 되기 전만 해도 나는 하루 일을 엄마에게 시시콜콜 이야기하는 아이였다. 중학생 딸을 둔 주변 엄마들 사이에서 나는 여전히 엄마에게 속마음을 털어놓고, 여전히 엄마와 함께 쇼핑 가기를 좋아하고, 여전히 단답형이 아닌 긴 문장으로 엄마에게 이야기하는 딸로 유명했다. 나도 그게 유별난 일이라는 건 알 만큼의 책과 영화를 접했지만, 진심으로 나는 우리 사이가 결코 변하지 않을 거라 생각했다. 절대 여드름이 나지 않는 아이들도 있는 것처럼 말이다. 난 매일 오후 우유와 쿠키를 들고 날 맞아 주는 엄마가 싫어지는 날은 결코 오지 않을 거라고 생각했다.

정말 그렇게 생각했다.

머지않아, 스쿨버스에서 내려 집으로 향하는 자갈길에서부터 나는 가슴이 옥죄어 왔다. 문을 열고 들어설 쯤엔, 엄마가 고등학교 시절에 대한 긍정적 이야기를 단 한 마디라도 더하면, 내가 정말 엄마를 때릴 수도 있겠다는 생각이 들었다. 나는 엄마를 아예 피하려고 발코니 문을 열고 집에 들어와 뒷계단을 이용해 방에 들어가기 시작했다.

여섯 주가 지난 지금, 엄마는 내가 고등학생이 된 것을 더는 대단한 일로 취급하지 않는다. 엄마가 그 기운과 열정을 옮긴 대상은 에이버리다. 초등학교 3학년 생활과 농장을 무지무지 사랑하는 내 동생. 엄마가 좋아하는 일들, 이를테면 빵 굽기, 벼룩시장에서 수동식 곡물 분쇄기나 너무 오래되어 원래의 색 대신 회색과 더 흐린 회색으로만 이루어진 퀼트 등을 사는 일을 엄마와 함께하기 좋아하는 아이. 위층 내 방에 누워 그 둘이 새들처럼 재잘대는 소리를 들을 때면, 내 마음에 차오르는 것이 질투인지 아님 지독한 멸시인지 알 수가 없다. 어떤 감정이든 간에, 내 목에 걸려 내려가지 않는 감정이다.

아스팔트가 움푹 패여 있는 곳을 지나며 버스가 흔들린다. 지난봄에 그렇게 돼 지금은 온화한 가을 날씨와 인사하고 있는 그 움푹한 지점은 맨빌 고등학교까지 10여 분이 남았다는 이정표이니, 나의 하루를 버티게 해 줄 기운 나고 긍정적인 생각들을 할 시간이 10분 남았다는 뜻이다. 1교시 전에 내 사물함 안에 편지를 남겨 놓겠다던 새라의 약속을 떠올렸다. 새라의 트레이드마크인 오래된 수동 타자기로 친 글씨가 빽빽하게 몇 장씩이나 이어질 것이고, 그 속엔 재미있는 이야기들이 담겨 있을 것이다. 특히 새라의 언니인 엠마 언니가 주말 동안 벌인 아찔한 모험에 대해서도.

"우리 언니를 주인공으로 삼아야 한다니까."

토요일에 새라가 이렇게 말했을 때, 난 일리가 있다고 생각했다. 아직은 역사적 인물이 아니지만 언젠가는 의심할 여지없이 그렇게 될, 최소한 맨빌 고등학교의 역사에는 빛나는 이름을 남길 엠마 언니다. 언제나 전 과목 A를 받고 매 학기 우등생 명부에 이름이 실리지만, 행동은 자유롭기 이를 데 없다. 엠마 언니가 교과서 펴는 모습을 확실히 본 사람은 아무도 없지만, 개성적이고 무서운 외모의 남자 친구 타드의 허리를 팔로 감고 할리 데이비슨 오토바이 뒷자리에 탄 채 학교에 나타난 모습을 못 본 사람은 거의 없다. 타드는 로키마운트의 할리 데이비슨 숍에서 일하고, 여가 시간에는 르네상스 페어4에 간다. 지난가을에 엠마 언니와 처음 만난 곳도 르네상스 페어였다.

르네상스 페어에 대한 세세한 묘사는 나를 미치게 만든다. 엠마 언니는 하버드에 들어갈 수 있을 만큼 똑똑하고 예쁘고 어떤 상황에서나 촌철살인을 날린다. 그런 여자는 원래 르네상스 페어에 가지 않는다. 하지만 그러고 보면, 엠마 언니는 자신 같은 여자들이 할 법한 행동은 전혀 하지 않는다. 사실, 공부 잘하는 것 빼고는 대체로 정반대의 행동을 한다.

엠마 언니를 발표 주제로 삼자는 농담에서 시작해, 우리는 미국 역사에 이름을 남긴 '나쁜 여자'들을 꼽아 보았다. 리지 보던5, 보니와 클라이드6의 보니, 젤다 피츠제럴드7, 마 바커8, 마돈나——

"그리고 엠마 골드만."

새라는 마치 당연하다는 듯이 말했다. 새라는 늘 이렇다. 아무도 들어본 적 없는 사람이나 장소를 마치 누구나 아는 것이라는 듯이 댄다.

"엠마 골드만이 누군데?"

나는 새라가 언급하는 거의 알려지지 않은 사실과 인물들을 모르면서 아는 척하기는 진즉에 졸업했다. 새라대백과에게 이미 너무 데었다.

바퀴 달린 커다란 의자 등받이에 등을 기대며 새라는 말했다.

"엠마 골드만은 기본적인 인물이야. 최초의 여성주의자이고, 급진적인 사회주의 자유사상가라고. 우리 언니 이름도 이분한 테서 따온 거야."

"너희 부모님 같은 분들이 급진적 사회주의 사상가의 이름을 따서 딸 이름을 지었다고?"

"뭐, 사실 우리 엄마 아빠가 언니 이름으로 딴 건 우리 할머니 이름이야. 우리 할머니 이름이 엠마 골드만에서 딴 이름이고."

"너희 아빠는 그런 집에서 나서 어떻게 그런 골수 공화당 지지자가 된 거야?"

새라는 얼굴을 찡그렸다.

"나쁜 씨앗이 있었던 거지. 모든 가족에 하나씩 있기 마련이야."

우린 엠마 골드먼을 발표 주제로 삼을까 잠시 논의했지만, 새라는 그랬다가 외출금지를 당하게 될까 걱정했다. 새라의 부모님은 엠마 골드먼의 자유연애에 대한 사상을 아주 잘 알고, 두 분이 그 사상에 동의하지 않으리란 건 쉽게 점칠 수 있었다. 그러니 엠마 골드먼도…… 물 건너갔다.

우린 몇 분 동안 침울한 표정으로 방 안만 둘러보았다. 마치 터질 것 같은 새라의 벽장에서 작년에 새라가 우리 단골 구제 할인점 '원 모어 타임'에서 산 보라색 플랫폼 샌들이며 테니스 라켓과 함께 발표 주제가 툭 튀어나오기라도 할 것처럼 말이다.

"농담 아니고 말이야, 우리 진짜 엠마 언니에 대해서 발표하면 좋지 않을까?"

내 제안에 새라는 고개를 끄덕였다.

"아니면, 흥미로운 인물이면서도 다른 사람들이 다 알지는 못하는 인물. 알려질 필요가 있는 이야기를 가진 인물. 아주 오랫동안 비밀로 남아 온 이야기를 지닌──"

새라가 미사여구로 말을 주렁주렁 늘리기 시작했다. 국제 정치 쪽으로 진로를 결정한 후 위험하리만치 자주 보이는 행동이다. 난 재빨리 말을 끊었다.

"그래, 우리 지역에 사는 사람이라든가 말이야. 참, 노숙자 쉼터 근처에 공동체 정원을 만드신 그 여자분 어떨까?"

"그래, 그래. 괜찮네."

날 치켜세우는 말과 달리 그 정원 아주머니를 주제로 삼을 뜻이 절대 없었지만, 새라는 자신에게 좋은 생각이 떠오를 때까지 내 기분을 맞춰 주려는 것이었다. 새라는 말했다.

"뭐, 이 정도면 좋은 시작이네. 그럼 우리 각자 목록을 마련해 본 다음, 월요일 수업 시간에 같이 장단점 따져 보고, 장기적으로 어떤 게 가장 결과가 좋을지 궁리해 보자. 어때?"

새라는 장단점 따지기에 죽고 살았다. 지금까지 새라의 인생에서 중대한 결정들은(합주에서 플루트를 불어야 하나, 트럼펫을 불어야 하나? 8학년 댄스파티 파트너가 돼 달라는 플락 메릿의 청을 받아들이나, 마나? 비키니 수영복을 사나, 원피스 수영복을 사나?) 모두 장점(플루트가 트럼펫보다 가볍고 침도 적게 고인다.)과 단점(플락 메릿과 함께 댄스파티에 간다면 영원히 멍청이로 낙인찍힐 가능성이 있다.)을 나열해 본 후 내려졌다. 장단점들을 더하고 빼서 결정이 내려지면, 새라는 두 번 다시 뒤돌아보지 않았다.

버스는 '학교까지 1.5킬로미터 남았으니 공황 상태에 빠질 시간'임을 알리는 표지를 지나간다. 번개에 반으로 갈라진 오크나무인데, 과장이 아니라 정말, 두 팔을 넓게 벌린 채 '왜? 내가 뭘 잘못했는데?' 하고 외치는 노인처럼 보인다. 나는 공책을 펼치고 미지근한 열의로 작성된 나의 목록을 훑어본다. 공동체 정원을 만든 아주머니. 3년 전에 커다란 요양원 비리를 밝혀내 수많은 언론상을 받은, 엄마와 함께 일한 적 있는 기자 제니퍼 필립스. 우리 아빠와 같은 학과 교수이고 시각장애인 아이들에게 바이올린 켜는 법을 가르치는 마리 머레이.

1.5킬로미터 표시를 지날 때면 늘 그러듯이, 나는 고개를 뒤로 젖히고 눈을 감는다. 이때쯤이면 버스 안은 서로 부딪히는 여러 냄새들로 가득하다. 들이부은 듯한 애프터쉐이브 스킨 냄새, 바디미스트의 감귤 향, 치약의 민트 향, 노루발 껌 냄새, 구강청정용 사탕 냄새, 막 피운 것 같은 옅은 대마초 냄새, 전성기를 한참 지난 운동화의 쾨쾨한 냄새 따위가(다행스럽게도 염소 똥 냄새는 없다.) 배기가스 냄새와 뒤섞여 내 속은 울렁거리고, 그 울렁거림은 십중팔구 하루 종일 내가 느낄 기분일 것이다.

멋진 인물이 생각나면 좋겠다. 그저 '미국 여성 인물사' 수업을 듣는 여자애들 열두 명과 남자애 한 명만이라도 감동시킬 수 있도록. 올해가 가기 전에 단 한 번이라도 '흠, 쟤 좀 멋진데.'라는 생각을 불러일으키는 아이가 되고 싶다. '흠, 쟤는 왜 거름 냄새가 날까?'가 아니라. 단 한 번이라도 누군가가 '멋진 생각을 가진 참 괜찮은, 정상적인 아이구나.'라고 생각해 주었으면 좋겠다.

딱 한 번만이라도 누군가가 '제이니라는 재, 참 흥미로운데.'라고 생각해 주었으면 좋겠다.

아시다시피, 나는 흥미로운 아이니까. 꼭 염소와 대화를 나누어서가 아니라 말이다.

5

레밍빌

약속대로 내 사물함 문 안쪽엔 테이프로 붙여진 새라의 편지가 날 기다리고 있다. 아침 편지는 내가 '농장 세계'로 이사한 후 지금까지 이어져 온 우리끼리의 전통이다. 우린 항상 통화하고 끊임없이 문자를 주고받지만 그래도 어쩐지 부족하다. 게다가 이 눈부신 기술의 시대에 직접 손으로, 펜이라는 단순한 도구(새라는 수동식 타자기)를 이용해 종이 위에 글씨를 쓴다는 것은 꽤 멋지고 대항문화적인 일이라 느껴진다.

이건 물론, 엠마 언니에게서 들은 것이다. 우리가 품은 멋지고 대항문화적인 생각들은 전부 엠마 언니에게서 들은 것이다.

제이니에게, 하고 편지는 시작한다. 자, 오늘이 정말 멋지구리 환상적인 하루가 될 거라고 너 자신에게 말해 봐.

새라답다. 새라는 내가 고등학교에 입학한 지 두 달이 지난 지금도 도서관에서 점심을 먹는다는 사실을 참을 수 없어 한다. 지금쯤이면 그런 단계는 지났어야 한다고 생각한다. 점심A반에 배정받아, 입학 첫날부터 매일 중학교 때 친구들에게 둘러싸여 점심을 먹고, 대수학 시간엔 로렌과 소니아를, 영어1 시간엔 레베카와 해나 앤더슨을, 체육 시간엔 이 아이들 모두에다 마시, 렌, 해나 울프까지 만나는 새라니까 그런 말을 쉽게 하는 것이다.

오늘은 제발 식당에서 점심 먹어, 제이니! (이것 봐라. 내가 뭐랬나?) 나랑 체육 수업 같이 받는 맥켄지라는 진짜 괜찮은 여자애가 있는데, 걔 점심B반이야. 걔 맥두걸 중학교 다녔는데, 그래도 전혀 무서운 애 아니고, 작년에 독서 퀴즈 참가한 친구들이 많대. 그러니까 우리랑 같은 과야.

나는 새라의 편지를 접어서 가방 앞주머니에 넣었다. 오전 시간 내내 조금씩 나누어 읽고, 하루 중 고립감이 바닥을 치는 점심시간을 위해 많은 분량을 아껴 두는 것이다.

복도는 그저 붐비는 정도가 아니다. 아이들로 가득한 정도가 아니다. 통나무가 흰개미로 우글거리듯 복도는 아이들로 우글거린다. 이 속에서 몸이 앞으로 나아갈 수 있다는 것은 현대 물리학의 기적이다. 맨빌 고등학교는 미어터지도록 많은 학생 수로 유명하다. 우리 시 외곽에는 매일이다시피 새로운 구역들이 더해져 점점 더 많은 레밍즈9들이 공교육의 체계 속에 들어오는 데, 새로운 고등학교를 세울 마음은 아무에게도 없기 때문이다.

내가 그만두겠다고, 그러면 학교에 그만큼 빈자리가 생길 거라고 새 학기 이후 몇 번이나 엄마 아빠에게 얘기해 봤지만, 농담으로 받아들여진다.

농담이 아니다.

나는 고개를 숙이고 오르막길로 추측되는 복도를 걸어 지나 레드펀 선생님의 대수학1 교실로 향했다. 레드펀 선생님은 우리 학교에 붙들려 있는 가장 나이 많은 교사이고, 아마도 가장 심술궂은 교사일 것이다. 레드펀 선생님은 수업 첫날에 이렇게 경고했다.

"나는 구식이야. 친구 같은 선생님, 뭐 그런 건 기대하지 마라."

그 말은 바로 그날, 예고 없는 쪽지 시험으로 여실히 증명됐다. 첫날에. 그것도 성적에 반영하는!

나는 레드펀 선생님의 대수학1 시간에서 살아남으려면 '고개를 숙여야' 한다는 것을 알게 됐다. 말 그대로다. 레드펀 선생님은 자신과 눈을 똑바로 마주치는 것을 공격이라고 간주하고 공격으로 맞대응했다. 우리 교실엔 눈 맞춤과 수업 참여에 온통 적극적인 전 과목 A 타입 공상적 박애주의자들이 많아, 선생님은 이 애들만 대응하기에도 43분의 수업 시간이 모자랐다.

오늘은 1차 방정식 그래프에 대한 쪽지 시험으로 수업을 시작했는데 수업 진도는 아직 1차 방정식을 시작하지 않았으니, 참 말이 된다. 나는 빵점이 매겨질 것이 분명한 창의적인 숫자를 답으로 제출한 후 돌아와, 공책에 시선을 꽂고 투명 인간으로 남은 수업 시간을 보낸다.

교실엔 이 요령을 터득한 아이들이 몇몇 더 있지만 그중 일부는 잠이 들어 버리는 실수를 해서 어김없이 선생님에게 걸리고 만다. 눈을 크게 뜨고 버티는 우리들 중엔 꽤 많은 낙서족들이 있고, 몇 안 되는 꼼꼼 필기족들이 있고, 선생님의 대수적 통찰력의 도움도 필요 없이 다음 날의 숙제를 이미 시작하는 수학 천재가 둘 있고, 간혹 간 큰 휴대폰 문자족들이 있다. 나는 왔다 갔다 하는 쪽이다. 참을 수 있을 때까지는 필기를 하다 낙서의 세계로 빠져든다.

나는 오늘 레드펀 선생님을 그리기 시작한다. 전에도 여러 번 궁금했듯, 레드펀 선생님의 남편에 대해 궁금해하며. 그의 인생은 어떨지. 혹은 미스터 레드펀이 실제로 존재하기는 할지. 한 남자 노인의 모습을 그려 놓고 보니, 할런 할아버지와 닮아 보였다. 하지만 레드펀 선생님이 할런 할아버지 같은 사람과 결혼했다는 것은 상상조차 할 수 없다. 할런 할아버지는 89세이고 요양원에 갇혀 있기는 하지만, 여전히 삶과 그 속의 기적들을 가슴

으로 품는 사람이다. 반면 레드펀 선생님은 마치 삶의 기쁨을 반
대하는 사람들의 모임 운영자 같다.

할런 할아버지 옆에 선 레드펀 선생님의 모습을 그리다, 나는
레드펀 선생님을 재빨리 나무로 바꾸어 버렸다. 도저히, 낙서
속에서라도 차마 할런 할아버지를 대수학 선생님에게 종속시킬
순 없었다. 그러기엔 내가 할런 할아버지를 너무 좋아하니까.

"참 멋진 분이셔. 안 그래?"

토요일에 집으로 돌아오며 아빠는 말했다. 아빠는 할런 할아
버지를 만나고 나면 남부에서 자란 사람이라는 티를 낸다. 실제
로 '평화를 사랑하는 촌놈'이라는 것을 상기시키는 남부 억양을
섞어 말을 하는 것이다. 아빠는 평소 토박이 뉴요커로 착각할 정
도까지는 아니라도, 트위드 재킷과 서류 가방 덕에 시골에서 난
사람처럼 보이지 않는다. '참 멋진 분'이라는 표현이 할런 할아
버지에게 충분하진 않았지만 난 고개를 끄덕였다. 할런 할아버
지는 1950년대와 60년대에 민권 변호사로 활동했고 집 앞 잔
디 위엔 불탄 십자가[10]가 있다. 첫 만남에서 할아버지는 그 사연
을 이야기해 주었다.

"나하고 아내는 집에서 마시멜로를 가지고 나와서 그 불꽃에
다 구웠지요. 우리한테 총알이 날아오기 시작했을 때는 물론 바
로 집 안으로 들어갔지만."

아빠는 사실 할런 할아버지의 민권 운동[11] 참여에 관한 인터뷰를 한 것이 아니다. 할아버지의 집 앞마당에 있는 예술품에 대해 인터뷰를 한 것이다. 앞마당에 그대로 내버려 두어 이제는 나팔꽃 덩굴이 잔뜩 휘감겨 있는 불탄 십자가 말이다. 민속학과 교수인 아빠는 늘 뱀 조련사나 바비큐 화덕 장인, 카트 스피드 레이서 같은, 잘 알려지지는 않았지만 별나게 흥미로운 이야기들의 주인공들을 만나 인터뷰하고 연구한다.

할런 할아버지를 처음 만나러 간 것은 6개월 전, 할아버지가 아직 자택에 살고 계실 때였다. 아빠는 함께 가서 녹음 도구를 설치하고 음향 조절하는 것을 도와달라고 내게 부탁했다. 나는 열두 살 때부터 마치 음악 밴드의 매니저처럼 아빠와 함께 다니며 트럭에서 마이크 스탠드와 사운드 모니터도 내려 옮기고, 대체로 노인인 인터뷰 주인공들과 아빠가 타이어로 만든 화분, 세탁기로 만든 개집, 뱀독 내성, 칼로 썬 돼지고기와 손으로 찢은 돼지고기 등에 대한 이야기를 나눌 때 곁에 서서 조용히 들었다. 가끔은 지루하기도 했지만, 나는 동업자 간의 예의로 늘 흥미로워하는 표정을 유지하려 애썼다.

하지만 할런 할아버지의 이야기는 지루함과는 거리가 멀다. 뒷마당에 지은 파랑새집에 대한 이야기를 들려주다, 어느새 법정 다툼이 심한 소송들을 맡았을 때 받았던 살인 협박에 대한 이야기를 들려주는 식이다.

"엘리스 왓킨즈가 전화를 걸어 목소리를 변조한답시고 해서는, 나를 칼로 썰어 자기 집 돼지들 저녁밥으로 주겠다고 하는 거야."

지난 토요일에 요양원으로 찾아갔을 때, 할런 할아버지는 침대 옆 의자에서 낮잠을 자고 있었다. 아빠는 "선생님?" 하며 그의 어깨를 두드렸고, 할아버지는 놀라서 깨어났다. 할아버지는 "헤이즐?" 하며, 세상을 떠난 지 5년이 된 아내를 찾아 두리번거렸다. 고개를 저은 할아버지는 아빠를 발견하고는 인사했다.

"아, 마이크 선생 왔군요. 잘 지냈지요?"

아빠는 남자들끼리의 약식 포옹 같은 느낌으로 할아버지의 어깨를 살짝 잡았다 놓았다.

"좋아 보이시는데요, 선생님. 숙녀분들께서 잘해 주시나요?"

할런 할아버지는 이 요양원의 모든 여성 간호사와 간호조무사들을 '숙녀분들'이라고 불렀다.

"그럼, 잘해 주죠. 내가 좀 매력적이어야 말이지."

할아버지는 의자에서 몸을 일으켜 내게 의자를 권했다. 나는 고개를 젓고 녹음 장비 상자 둘 쪽을 가리켰다.

"전 이 녀석들 설치해야 해서요."

할런 할아버지는 자신의 침대에 올라가 앉았다. 침대 옆으로 다리가 마치 어린아이의 다리처럼 대롱거렸다.

"오늘은 내 목 상태가 그렇게 좋지 않은 것 같은데, 침대에 같이 앉아서 이야기를 할까요?"

나는 할런 할아버지의 앞에다 스탠드를 설치하고 마이크가 그의 입을 향하도록 각도를 맞추었다. 모니터를 싱크대 옆 의자 앞으로 당겨 놓고, 나는 음향 조절 손잡이를 이리저리 돌리며 조절했다. 이럴 때면 기계에 빠삭한 사람이 된 기분이 든다. 오로지 몇 년 간의 아빠 조수 일 하나로만 습득한, 고작 한 가지 기술일 뿐이지만 말이다.

아빠는 마이크에다 인터뷰의 날짜와 장소, 노스캐롤라이나 맨빌에 사는 할런 프리처드 씨 인터뷰임을 말한 후, 질문을 시작했다.

"자, 선생님, 지난번에 사모님께서 차를 끓이기 위해 선생님 댁 오른편에 키우셨다는 약초에 관한 이야기를 하셨잖아요. 그 식물들 이름이라든지, 사모님께서 어떻게 그 식물들을 번식시키셨는지에 대해 들어 볼 수 있을까요?"

할런 할아버지는 마이크 쪽으로 당겨 앉았다.

"헤이즐은 씨앗 수집가였죠. 누가 키우고 있는 식물이 좀 흥미로워 보인다, 그러면 머뭇대지도 않고 봉투에다 씨앗을 좀 담아 달라고 부탁을 했으니까."

한 시간쯤 지나자 할런 할아버지의 목소리가 좀 쉬기 시작했고, 피곤한 기색도 역력했다.

"이거, 오늘은 내가 그리 도움이 되질 못하네. 어젯밤에 잠을 통 못 잤거든. 복도 저쪽 다른 방에서 어느 할머니가 자기 아이들을 부르면서 우는데, 그렇게 구슬플 수가 없었어. 헤이즐은 이런 일들을 겪지 않고 떠나서 정말 다행이야."

할아버지는 침대 옆 심장 감시 장치와 작은 탁자에 놓인 환자용 대소변기를 가리켰다.

"마무리하는 방법으론 참 얄궂거든."

할런 할아버지에 대한 생각이 내 머릿속을 떠나지 않았다. 대소변기와 한밤중의 울음소리에도 불구하고 그토록 쾌활하던 모습이. 그리고 1교시 수업이 끝나는 종이 울렸을 때 내 낙서는 완전한 초상화가 되어 있었다. 집 앞마당 한가운데 서 계신 할런 할아버지는 파랑새와 파랑새집들에 둘러싸여 있다. 할런 할아버지에게서 정말 많이 들어서 이젠 마치 내가 아는 사람처럼 느껴지는 헤이즐 할머니는 손에 꽃을 한 다발 들고 집 한쪽 모퉁이에서 마당을 기웃거리고 있다. 할머니 사진을 본 적 있는 나는 눈에 주름을 잔뜩 그려 넣는 것도 잊지 않았다. 그려 놓고 보니 엠마 언니를 닮아 보였다.

나는 공책에서 그 페이지를 찢어 가방 속 새라의 편지 옆에 넣었다. 일어서서 책을 챙기다, 할아버지가 아내에 대해 한 말이 생각났다. 헤이즐 할머니는 교사였다. 하지만 일반 학교 교사는 아니었다. 사람들이 투표자 등록을 할 수 있도록 읽고 쓰는 법을 가르쳤다.

할아버지는 당시를 회상하며 아빠에게 말했었다.

"그래서 창문에 총알이 날아왔지. 그래도 헤이즐은 겁을 내지 않았어. 헤이즐이 겁낸 건 딱 하나, 나쁜 놈들이 결국 이기는 거였지."

헤이즐 프리처드. 나는 가방에서 공책을 꺼내 마리 머레이 아래 그 이름을 휘갈겨 적었다. 그리고는 고개와 어깨를 수그린 채 세계사 수업 교실로 향했고, 혹시 '우리 친구할까?' 하는 따뜻한 눈빛으로 나와 눈을 맞추고 싶어 하는 아이가 있을까, 하는 마음으로 간혹 고개를 들어 보았다.

어땠을까?

없었다.

6

이심정심

한 가지 밝힐 점은, 내가 실제로 도서관에서 밥을 먹지는 않는다는 점이다. 50센티미터 간격으로 붙은 안내문이 말해 주듯 도서관에 음식과 음료는 반입 금지다. 그래서 나는 내 사물함 앞에 서서 도시락을 재빨리 삼킨 후, 피난처로 향하는 것이다.

도서관에서 내가 제일 먼저 하는 일은 빈 컴퓨터에 앉아 엄마의 블로그를 확인하는 일이다. 엄마의 새 글이 뜨면 혹시나 내가 망신 당할 내용이 있을까 조마조마하지만, 어쩐지 읽기를 끊을 수는 없다. 나는 엄마가 '손수 일구는' 생활을 어떻게 재구성해 사람들에게 보여 주는지 확인하고 싶다.

엄마는 프리랜서 기자, 다시 말해 돈은 벌지 못하는 기자다. 엄마는 맨빌 신문에 기사를 싣는 기자였지만 에이버리가 태어난 후 특파원으로 직위가 내려갔다. 즉, 가끔씩 기사를 기고했지만 대부분의 밤에 자판을 누를 힘도 없이 피곤해 컴퓨터 앞에서 잠이 들었다. '농장 세계'로 이사를 온 후, 엄마는 신문사를 완전히 그만두고 체험기 쓰는 일을 시작했다. 무엇에 대해? 기대하시라 — '농장 세계'로 와 사는 것에 대해. 체험기를 쓰는 첫 단계는 블로그를 만들어 거기에 올리는 것이다.

엄마는 〈시골에 와서〉(부제: 손수 일구는 삶에 대한 기록)라는 제목으로 블로그를 시작하기 며칠 전 내게 이렇게 말했다.

"엄마는 네 프라이버시 존중할 거야. 네 사진은 절대 안 올려. 그런데 너에 대해서나 네가 한 말을 쓰고 싶을 때는 있을 것 같은데, 그래도 괜찮겠어?"

괜찮겠냐고? 나는 열한 살이었다. 엄마가 나를 유명인으로 만들어 주려 한다는데! 괜찮은 정도가 아니었다. 최고였다!

그리고 잠시 동안은 정말로 그랬다. 엄마가 쓴 글 속 농장 이야기(염소들이 도착한 날, 양봉을 하다 생긴 작은 사고, 마침내 빵 굽는 법을 익히다 등) 속에서 나는 닭들의 정신생활을 흥미롭게 통찰하는 똑똑하고 철학적인 아이로 그려졌다. 에이버리는 늘 사고를 몰고 다니는 말썽꾸러기이고, 엄마가 '달링 허스번드'의 줄임말인 DH로 지칭하는 아빠는 주로 '우리 밝은 면을 보자.'고 말하는 남자. 실수투성이(블로그 속 엄마의 캐릭터. 매력 있고 웃음을 자아내는 방식으로 이런저런 사고를 치는 여자. 설명서를 잘못 읽는다든지 천수국 씨 다섯 통을 주문한다는 것이 50킬로그램을 주문해 버리는) 엄마가 괴로울 때 기댈 수 있는 남자 말이다.

난 엄마의 블로그가 언제부터 싫어졌을까? 열두 살 때 엄마가 미니 농장 생활에 대한 이야기에서 슬며시 방향을 틀어 내가 처음 참석한 남녀 파티에 대해 적었을 때였나? 엄마는 퀘이드 포터의 집에서 그 파티가 열린 날이 우리 집 염소 패티 클라인의 첫 출산일과 같았다는 이유로 그 파티가 농장 생활과 관련된 일인 양 포스트를 썼지만 (또한 놀랍게도 염소 새끼들 이야기를 병 돌려 뽀뽀하기 게임 이야기와 연결 지었지만) 사실 엄마는 그저 내가 자라고 있다는 걸 이야기할 핑계가 필요했던 것이다.

인정하는데 엄마의 글은 대부분 '농장 세계'에 국한되어 있다. 문제는 엄마가 삼 년 전 〈시골에 와서〉를 시작한 후, 그 블로그가 이 지역 사람들 사이에 유명해져 버린 것이다. 엄마가 블로깅을 시작한 지 일 년인가 지났을 때 맨빌 신문은 엄마와 엄마의 블로그에 대한 특집 기사를 실었고, 갑자기 모두가 엄마의 블로그를 읽는 것 같았다. 한 포스트당 댓글이 서너 개 달리던 블로그에서 스물다섯 개, 서른 개가 달리는 블로그가 되었다. 작은 농장에 대한 꿈을 품은 도시 사람들이 엄마의 블로그에서 대리

체험을 하기 시작했다. 지역 도서관에서는 작은 농지에서 지속 가능한 방식으로 살아가는 법에 대한 연속 강의를 엄마에게 요청했다. 닭에 대한 엄마의 사색에 영감을 받은 한 무리의 사람들은 시내에서 닭을 키울 수 없다는 오래된 법령을 뒤집자는 운동을 시작했다. 엄마는 시의회를 향해 연설을 해 달라는 부탁을 받았고, 엄마의 많은 팬들은 맨빌 시내에서 닭 키우기가 합법화된 것이 엄마의 열정적인 연설 덕분이라고 생각한다.

그래서 곳곳에서 사람들이 일주일에 세 번은 우리 가족의 삶을 들여다볼 수 있는데, 내 가까운 친구들을 제외하고는 또래 중 누구도 첫째, 엄마와 엄마의 블로그를 모르고 둘째, 알더라도 엄마의 블로그를 읽지 않으리란 것이 내 추측이기는 하지만, 그래도 앞으로 나를 알고 좋아하게 될 가능성이 있는 아이들에게 내 가족과 우리의 농장 생활에 대한 3년치 자료가 공개되어 있다는 사실이 난 불안하다.

나는 엄마의 새 글이 모니터에 뜨는 것을 기다리는 동안 도서관을 둘러보았다. 점심B반으로 추정되는 고정 멤버들이 보인다. 방열기 옆 둥근 테이블에는 여드름이 심하게 나고 키가 큰 한 남자아이가 언제나처럼 물음표 모양으로 몸을 수그린 채《닌텐도 파워》과월호들을 읽고 있다. 오렌지색 빈백 의자에 앉아 큐빅을 맞추고 있는, 땡땡이를 치고 도망 온 6학년생들처럼 보이는 두 남자아이는 큐빅을 서로 주고받으며 불만스레 육두문자를 중얼거리고 있다. 천사 같은 노란 곱슬머리를 지닌 통통한 여자아이는 매직펜으로 두꺼운 하드커버 다이어리에 무언가를 적어 넣다가, 이따금씩 그 매직펜으로 자신의 왼팔에 검정 잉크 문신을 추가하곤 한다.

가끔은 내게 희망을 불어넣는 얼굴들이 나타나기도 한다. 최신호 《스포츠 일러스트레이티드》를 읽는 훈남이라거나, 평범해 보이는 모습으로 '방금 들어온 책' 코너를 훑어보는 여자아이라거나. 이 아이들도 식당을 피해 왔을까? 하지만 이런 아이들은 결코 하루 이상 연이어 나타나지 않고, 도서관에서 친구를 찾아보려는 내 희망은 그렇게 무너진다.

물론 그게 내 꿈이다. 나의 농장 소녀 사건들에도 불구하고 기본적으로 나를 평범한 아이라고, 다만 점심시간을 식당에서 혼자 버티기엔 너무 섬세한 영혼일 뿐이라고 생각해 줄 아이들을 만나는 것 말이다. 그러면 우리는 친구가 되어, 학교 강당 뒤에 잠복한다거나, 큰 기사거리라도 가진 척 학교 신문사 근처를 어슬렁거린다거나 하며 또 다른 점심시간 난민들을 찾아다닐 것이다. 충분한 인원이 모이고 나면 우리는 식당에서 식탁 하나를 함께 차지할 것이고 결코 다시는 외롭지 않을 것이다.

도서관을 둘러보며, 오늘도 그런 행운은 일어나지 않으리란 것을 깨닫는다. 컴퓨터 모니터로 다시 고개를 돌리니 이동식 닭장의 사진이 보이고, 바로 아래의 배너가 밝은 노랑 글씨로 시골을 만날 준비가 되었냐고 묻는다. 어련하겠니, 하고 속으로 대답하며 나는 페이지를 아래로 내린다.

오늘 엄마가 올린 글은 지난 토요일에 에이버리와 함께 공영 장터 벼룩시장에 간 이야기다. 지난 2년 동안 엄마는 대단한 열정으로, 되도록 많은 물건들을 중고품으로 구했다. 옷과 책 말고도 연장, 식탁보나 베갯잇, 작은 주방 용품들까지. 지난 토요일에 엄마와 에이버리가 발견한 물건은 옛날식 발재봉틀이었다. 둘은 일요일 하루의 대부분을 그 재봉틀을 닦고 기름 치고 백 번쯤 시험 운용을 하는 데 보냈고, 결국 솔기 하나를 곧게 만들어 냈다. 실제로 꽤나 근사한 기계다. 엄마가 재봉을 할 줄 모른다는 것이 애석할 뿐.

엄마도 이 사실을 일찌감치 두 번째 단락에서 시인했다. 어릴 때 어머니가 바느질 가르쳐 주신다고 하셨을 때 배우지 않은 것이 얼마나 후회스러운지 모르겠어요. 내가 이 재봉틀을 샀다는 얘길 들으면 우리 엄마, 웃음을 지으시겠네요.

엄마가 재봉틀을 샀다는 얘기를 들으면 외할머니는 웃다가 의자에서 떨어질지도 모른다. 요즘 엄마가 하는 모든 일이 외할머니의 웃음보를 터뜨린다. 십대 때 엄마는 결코 주부가 되어 아이들을 키우며 살지도, 요리하는 법을 배우지도 않을 거라고 단언했었다. 등골 빠지는 밭일이나 정원 일에 매이지도 않을 것이고, 마당을 갖게 되면 아스팔트로 발라 버릴 거라고 말이다.

하지만 지금의 엄마에겐 직접 일구는 작은 농장이 있고, 재봉틀이 있다.

이제부터 저는 가능한 한 옷을 직접 만들려고 해요.

엄마의 갑작스런 이 선언으로 네 번째 단락이 시작됐고, 나는 침을 잘못 삼켜 사레가 들렸다. 나는 얼굴이 벌게진 채 끅끅거렸다. 사서 선생님이 놀라서 나를 보았지만 나는 별일 아니라고 손짓했다. 기도에 침이 조금 들어갔다고 사람이 죽진 않으니까.

하지만 엄마가 손수 만든 옷을 입어야 한다면, 나는 죽을지도 모른다.

우리 엄마에 대해 좀 더 설명이 필요하겠다. 엄마는 대체로 여러 일에 능숙하고, 무척 지적이기도 한 사람이다. 엄마가 한 번 어떤 일에 꽂히면(예를 들면 음식 만드는 법을 배우거나 블로그를 시작할 때처럼) 굳은 결심으로 끝내 성공적으로 해내고 만다.

단, 손재주와 관련된 분야만 아니라면 말이다.

엄마는 뜨개질과 코바늘뜨기, 십자수 놓기를 시도한 적이 있다. 도자기 만들기와 바구니 짜기, 베 짜기에도 도전했다. 그리고 이 모든 시도는 처참히 실패했다. 사실 보고 있기가 딱한 순환이다. 엄마가 눈을 반짝거리며 공예 재료 가게의 봉지들을 들고 집으로 들어오면, 뭔가가 시작된다는 뜻이다. 고무도장과 스탬프가 든 보따리를 식탁 위에 턱 내려놓으며 "이제부터 우리 크리스마스카드 직접 만들자." 따위의 계획을 선포하는 것이다.

'고무도장 찍는 걸 누가 망쳐?' 아마 다들 이런 생각이 들 것이다. 하지만 그런 걸 망칠 수 있는 사람이 바로 우리 엄마다. 엄마가 찍은 도장은 죄다 번져서 모양이 흐릿하고, 엄마의 손과 옷은 잉크 칠갑이 되고, 크리스마스카드를 만들겠다는 시도가 마무리될 때쯤 엄마는 너무나 허둥거리고 있어서, 아빠는 엄마를 진정시키느라 저녁과 와인을 산다.

창의적인 노력을 하고 싶다면, 엄마는 바질 크레미니 버섯 피자 소스를 한층 더 완벽하게 개발하는 데에만 힘을 쏟으면 좋겠다.

컴퓨터에서 일어난 나는 천사 머리를 한 문신 소녀의 책상에서 두 책상 떨어진 늘 앉는 책상에 조금 떨리는 몸으로 앉았다. 엄마가 직접 바느질해 만든 옷을 입고 있는 내 모습이 머릿속에서 미친 듯이 춤을 춘다. 처진 끝단, 오른쪽보다 짧은 왼쪽 소매, 여기저기 우는 천. 엄마가 청바지를 만든다고 하면 어떡하지? 청바지도 집에서 만들 수 있을까?

아, 안 돼. 제발.

"너 괜찮아?"

천사 머리의 문신 소녀가 책상 너머로 내게 속삭여, 나는 내가 우는 소리를 내고 있었다는 것을 깨달았다. 나는 고개를 끄덕였고, 그 애는 그것을 더 가까이 오라는 초대로 받아들였다. 내 곁에 앉으며, 문신 소녀는 좀 더 커진 목소리로 말했다.

"무슨 일인지는 모르지만, 너 좀 힘들어 보인다. 그런데 나야말로 그래. 내 인생은 하루하루가 힘들어."

나는 그 애가 매직펜으로 직접 그린 문신들을 보며 그 말이 믿어졌다. 나의 호응은 전혀 필요하지 않은 듯, 그 아이는 제멋대로 이야기를 계속했다.

"오늘은 말이야, 아침에 일어나 보니 세상에, 입을 게 아무것도 없는 거야. 엄마가 유럽에 출장을 갔거든. 아빠는 뭐 있으나마나 소용없고. 왜, 있잖아. '21세기에는 남자도 빨래해요', 하고 설득해야 하는 아빠."

나는 고개를 끄덕였다. 그래. 애들도 빨래해, 하고 생각했지만 말하진 않았다.

"그러니까 엄마 옷장을 습격하는 수밖에 무슨 다른 도리가 있었겠어? 엄마가 알면 아마 날 죽이려 들 거야. 그런데 더 골 때리는 건 이거야."

　문신 소녀는 극적인 효과를 위해 말을 멈추었고, 나는 그 아이의 옷차림을 확인했다. 괜찮아 보였지만 특별할 것은 없었다. 부드러운 검정 스웨터에 진갈색 벨루어 치마, 까만 스타킹, 그리고 아주 멋져 보이는 바이커 부츠.

　"옷에서 엄마 냄새가 나는 거. 엄마 향수 냄새. 그러니까 꼭 하루 종일 엄마가 내 바로 옆에서 걷고 있는 것 같아. 기분 진짜 이상해. 뭔지 알겠지?"

　"어, 알 것 같아."

　"너, 혹시《이상한 금요일》이라는 책 읽어 봤어? 엄마랑 딸이랑 몸이 바뀌는 내용인데."

　문신 소녀의 수다는 이렇게 다시 시작했다. 그 애가 이야기를 이어가는 데 필요한 내 격려는 적절한 부분에서 고개를 끄덕이고 웃어 주는 것밖에 없었다. 듣지 않아도 상관없었다. 목소리의 고조, 극적인 멈춤, '왜 있잖아.' 같은 말 등을 들으면 추임새를 넣어야 할 순간을 알 수 있었다.

　그러는 동안에도 나는 가끔씩, 제이니 고먼이 다른 인간과 개인적이고 긍정적인 의사소통을 하고 있는 모습을 누군가 목격하진 않을까 하는 기대로 도서관을 둘러보기도 했다.

　애석하게도, 목격자는 없었지만.

　수업 종이 울렸다. 천사 머리의 문신 소녀가 일어섰다. 그리고 내게 미소를 지으며 손을 내밀었다.

"난 버비나야. 만나서 반갑다. 여기 오면 너 항상 있더라."

나는 내민 손을 잡고 악수를 했다. 내 손을 쥐는 그 애의 손힘이 놀라울 만큼 셌다. 난 도저히 되묻지 않을 수 없었다.

"버비나라고?"

그 애는 어깨를 으쓱했다.

"나도 알아."

버비나는 고개를 좌우로 까딱거렸다. 그래, 나 이상해. 어쩌겠어? 라는 뜻의 만국 공용어.

"우리 엄마는 이 이름이 프랑스 말 같다고 생각했대. 그런데 내가 프랑스어를 배우고 나니까 알겠더라고. 전혀 프랑스어 같지 않단 걸. 꼭 무슨 황폐한 동유럽 나라 이름 같잖아."

나는 웃었다. 버비나의 20분짜리 독백에 대해서는 전혀 주의를 주지 않던 사서 선생님이 무서운 눈초리와 입에 댄 손가락으로 조용히 하라는 신호를 보냈지만, 난 개의치 않았다. 나는 어쩐지 버비나가 좋았다. 어쩌면 엄마가 유혈사태 없이 바늘에 실을 꿸 줄 알게 되자마자 만들어 주려고 할 옷에 대한 걱정을, 지난 20분 동안 잊게 해 주었기 때문인지도 모른다.

버비나는 자리에서 다이어리와 매직펜을 챙기며 어깨 너머로 말했다.

"내일도 여기서 보자. 오늘 얘기 나눠서 재미있었어."

나는 손을 흔들고 내 책을 챙겼다. 나는 버비나의 매직펜 문신에 대해 생각하지 않으려고 애썼다. 우정의 손길이 내밀어졌을 때, 그것을 거절하는 것은 예의 없는 행동이다. 설사 그 손이 달린 팔이 검정색으로 그린 조그마한 평화 표식들과 장미와, 그리고…… 죽음의 천사? 등등으로 가득하다고 해도.

난 상관없다. 누군가가 내게 말을 걸었다. 문신 소녀 버비나가 내게 말을 걸었다.

어딘가에 도착한 것이다.

7

인생이
로버트 라우션버그를
오방할 때

미술1 수업에는 친한 아이가 아무도 없지만, 매일 가야 하는 장소로 나쁘진 않은 편이다. 새라와 함께 들을 수 있는 '미국 여성 인물사' 수업과 비교할 순 없지만, 다른 대부분의 수업보다 좋다. 우선, 담당 교사인 애쉬던 선생님은 인간적이고 합리적이다. 재미있고 시원시원하면서도 우리가 수업에 참여하게 하고 과제를 시간에 맞춰 제출하게 한다. 선생님에 대한 내 존경심 지수는 높다. 게다가, 학기가 시작한 후 나는 선생님께 세 번이나 '색채 감각'에 대한 칭찬을 받았다.

나 완전히 팬이다.

나는 미술1 수업이 바로 내가 친구를 만들 곳이라고 생각했었다. 어느 정도 가능성은 있지만, 지금껏 아무 일도 일어나지 않았다. 아이들과 떨어져 앉아 끊임없이 스케치를 하는, 조용하고 피부가 새하얗고, 재미있는 양말 취향을 가진 메그라는 여자아이가 있다. 돌아가며 서로의 작품을 비평하는 시간이면, 메그의 말에는 모두가 귀를 기울인다. 지적은 하지만 절대 잔인하지 않고, 항상 옳다. 문제는 비평 시간을 제외하고는 말을 하지 않는다는 것이다. 한번은 내가 스케치가 멋지다고 칭찬을 했더니, 아주 친절한 미소를 지으며 고개를 살짝 끄덕였다. 그러고는 아무 말도 없이 그림을 계속 그렸다. 그 이후로는 한 번도 나와 눈을 마주치지 않았다.

나는 체스터와 리넷의 자리 사이에 낀 내 자리에 앉았다. 둘은 다정하고 할 말 많고 외향적인 한 쌍의 아이들이다. 아니, 한 쌍의 바퀴벌레다, 불행히도. 둘이 애정 담긴 손길로 서로를 툭툭 건드리고, 깊고 의미심장한 눈빛을 서로에게 날릴 수 있도록, 나는 수업 시간 대부분을 심하게 앞으로 숙이거나 심하게 뒤로 젖힌 채 보낸다. 이 아이들이 교실에 자신들 말고 다른 누군가도 존재한다는 것을 알아야 할 이유가 있었다면, 우리 셋은 분명 절친한 사이가 되었을 것이다. 하지만 모르는 일이다. 언젠가 이 아이들이 헤어져서 나는 새 친구를 두 명이나 얻고, 둘 사이에 끼여 앉느라 입은 등골 손상도 회복할 수 있을지.

선생님이 출석 확인을 하는 동안, 나는 새라의 편지를 슬쩍

보았다. 내용은 내게 점심시간에 누구와 함께 앉으라는 권유에서 '초콜릿 전쟁'에 대한 최근 소식으로 넘어갔다. 새라네 동네에 사는 초등학교 3학년들이 기금 모금을 위해 코트디부아르에서 재배한 카카오 열매로 만든 초콜릿을 팔 예정이라고 한다. 새라는 그 초등학교의 교장과 학부모회 회장 앞으로 편지를 써, 왜 그 초콜릿 대신 공정무역 초콜릿을 팔아야 하는지를 알릴 예정이다. 보내기 전 내가 이메일로 받아 교정 교열을 해 주기로 했다.

"자, 여러분, 우늘은 로버트 라우션버그에 대해 이야기를 해 볼 거예요!"

교실의 조명이 어두워지고 파워포인트를 이용한 수업이 시작된다.

"로버트 라우션버그는 예술과 인생의 틈새에서 작품을 만들고 싶다는 예술관으로 유명해요. 그는 일상적이고 평범한 것들이 예술이 될 수 있다고 믿었죠."

우리는 수업의 긴 시간을 할애해 라우션버그의 콜라주 작품들을 보았다. 박제한 새들과 코카콜라 병, 신문 조각과 천 조각, 사진, 타이어, 문, 창문 등이 커다란 캔버스 위에 배치되어 있다. 누군가에게서 튀어나온 "하나도 모르겠네."라는 말에, 선생님은 말했다.

"그게 누구 잘못일까? 네 잘못일까, 작가의 잘못일까? 대답이 어느 쪽이든 함께 얘기해 볼 수 있겠지만, 어쨌든 말하기 전엔 생각을 먼저 했으면 좋겠다."

선생님의 이 말에, 중얼거리던 아이는 입을 다물었다. 나 역시 손을 들고 '나도 이해가 안 돼요.'라고 말할 수 없게 되었다. 캔버스에 붙인 타이어가 어떻게 예술일까? 막대기와 찢어진 신문지의 어디가 아름다운 거지? 내가 미술을 보고 아무것도 못 느끼는 사람이라서는 아니다. 지난 4주 동안 공부한 추상 표현주의 화가들의 작품은 정말 좋았다. 특히 색을 과감하게 쓴 작품들이 마음에 들었다. 하지만 마치 재활용 쓰레기통에서 꺼낸 것 같은 작품에 대해서 무슨 생각을 해야 하는지 알 수가 없다.

예상대로 지금부터 콜라주 수업을 시작할 것이란 선생님의 발표에, 나는 속으로 신음을 뱉는다. 선생님은 분명 쓰레기장에서 구한 재료들로 만든 라우션버그 풍의 작품들을 기대할 테니 말이다. 벌써 지난 미술 시간들이 그리워진다. 잭슨 폴락이 된 듯 캔버스에 페인트를 뿌리던 재미있고 생산적이던 시간들, 쓰레기통에서 소재를 찾지 않아도 창조적으로 느껴지던 날들이 말이다.

2초 후, 엎친 데 덮치듯 리넷에게 손을 뻗던 체스터가 실수로 내 뒤통수를 쳤다.

"으아, 진짜 미안. 실수야, 모르고 그랬어."

체스터는 내 머리의 맞은 부분을 손으로 문지르기 시작했다. 리넷이 체스터를 쏘아본다.

"그만 문질러, 이 바보야! 앤 네가 만지는 거 싫어해!"

"괜찮아, 그냥 좀 이상해서 그렇지——"

나는 둘을 안심시키려 했지만 이미 누구도 내 말을 듣고 있지 않다. 둘은 이미 체스터와 리넷의 세계로 돌아가 서로 사과하고 닭살 돋는 옹알이를 주고받고 있다.

시계를 올려다보았다. 수업 시간이 3분 남았다. 보드판에다 스테이플러로 신발 끈을 고정시키기에는 너무 짧은 시간이었지 만 새라를 만나기 전에 편지를 끝까지 읽어 두기에는 충분하고 도 남는 시간이었다.

하지만 편지를 읽으려 하자 이상하게도, 타자기로 친 새라 의 글자들을 잘라 내는 로버트 라우션버그의 모습이 떠올라, 머릿속을 떠나지 않았다. 초콜릿, 초등학교, 달콤한, 생분해성 의, 사랑.

단어 몇 개를 콜라주에 넣는 것도 나쁘지 않겠다는 생각이 들 었다. 물론, 박제한 앙고라 염소 머리(로버트 라우션버그의 작 품 중 하나란 것, 나도 안다.)와 비교할 순 없겠지만, 적어도 동 물 보호 단체 〈페타〉에서 걸려온 성난 전화를 받는 없을 것이다.

나는 염소 머리보단 단어를 콜라주 할 거니까.

교실 뒤 칼질용 매트 위에 새라의 편지를 놓고 정확하고 조그만 직사각형들로 단어들을 잘라 냈다. 선생님에게 봉투를 하나 부탁해, 그 단어들을 그 속에 넣었다.

대수학 시간에 그린 할런 할아버지와 헤이즐 할머니의 그림도 꺼내 그 봉투 속에 넣고, 가방 앞주머니에 넣었다.

콜라주는 아니지만, 지금은 이 정도로도 충분하다.

＠8

큰 뜻을 위해

오늘의 마지막 수업인 '미국 여성 인물사' 교실에 들어갔을 때, 나는 새라의 편지를 다 읽은 후였다. 토요일 저녁에 새라네 가족이 무엇을 먹었는지(테이크아웃 패밀리 사이즈 고기 피자), 일요일 아침에 새라가 무슨 수(위경련이 있다는 생거짓말)로 교회를 빼먹었는지 나는 다 알고 있다. 새라는 교회를 매주 빼먹는 것이 목표다. 카카오 농장에 대한 이야기가 언제 나올지 모르는 정치 토크쇼를 놓치기 싫어서다.

그러고는 충격적인 소식이었다. 엠마 언니가 귀가 시간을 어겨 외출 금지를 당했다는 것. 나는 엠마 언니에게 정해진 귀가 시간이 있는지조차 몰랐다. 높은 성적을 유지하고 경찰서에 갈 일만 하지 않는다면 엠마 언니는 무엇이든 마음대로 하는 줄 알았다. 더욱이, 엠마 언니 같은 사람이 외출 금지라니? 단두대로 보내지거나 군사 학교로 보내지면 몰라도. 외출 금지 따위는 일반인들이나 당하는 일이다.

타드가 언니를 새벽 3시에 집에 데려다 줬어. 둘이 타고 온 할리 데이비슨 오토바이가 온 동네 사람들을 다 깨웠어. 우리 아빠가 밖에 나가고 나서는 장난이 아니었어. 거의 오페라였다니까. 언니는 아빠한테 소리 지르고, 아빠도 폐가 터져라 고함지르고, 타드가 오토바이 기어 올리는 소리에 온 동네 개들이 다 짖고. 아마 그 소음은 주민 규정에 어긋날 거야. (셰이디 우즈에 주민 규정이 있나? 있으면, 합헌인가? 찾아봐야겠다.)

교실에 들어가니 새라는 교실 뒤쪽의 안락의자에 앉아 있다. 모리슨 선생님의 교실은 책상을 모두 원 모양으로 붙여 놓고 그 원의 가운데에는 밝은 주황색 러그를, 교실 각 구석에는 아이들이 조별로 나뉘었을 때를 위한 다양한 야외용 의자와 안락의자들을 놓아두었다. 모리슨 선생님은 조를 나누지 않은 채로 10분 이상을 넘기지 않는 타입이라, 무엇을 배우든 수업 시간에 마무리되는 법이 없다. '미국 여성 인물사' 수업 활동의 95퍼센트는 과외 활동이라 해도 과언이 아니다.

새라가 내게 공책을 들어 보였고, 교실 너머에서도 새라가 장단점을 적어 넣기 위해 깔끔하게 그어 둔 줄이 보였다.

새라 옆 흔들거리는 긴 등받이 의자에 앉자, 새라는 말했다.

"우리 제럴딘 페라로로 가야 할 것 같아. 우리 목록 중에서 장점이 가장 많은 인물이야."

"성급하긴. 네가 제럴딘보다 더 좋아할 만한 사람을 내가 찾아낸 것 같아."

수업 종이 울렸고, 선생님이 팔꿈치엔 포스트잇을 붙이고 서류철에서 종이들을 철철 흘리며 성큼성큼 걸어 들어왔다.

"논의 계속해요, 여러분! 발표에 대한 아이디어는 수업 끝날 때까지 제출합니다!"

선생님이 교실로 들어올 때 이야기를 멈춘 아이가 아무도 없었기 때문에, 계속하는 데는 문제가 없었다. 사실, 학기가 시작된 지 두 달이 지났는데, 이 작은 수업의 아이들은 선생님의 존재를 자꾸 잊는다. 모든 인원이 한 조로 모였을 때조차 선생님이 그다지 중심이 되지 않는다. 이렇게 된 것은 수업 첫날, 이 수업에 온 유일한 남자아이 월러스가 수업을 들어도 되는지 아닌지 투표로 결정하자고 주장했던 10학년의 급진적 페미니스트 말리 덕분이다. 그때 새라는 월러스의 편에서 열성적으로 주장을 펼쳤고 11대 2의 투표 결과로 월러스는 계속 수업을 듣게 됐지만, 이후로도 거의 말리가 수업을 통솔하듯 했고 우리는 대체로 그에 따랐다. 우선 말리는, 수업 시간 도중 화장실에 가는 것에 대해 빡빡하지 않다.

나는 내 목록을 새라에게 건넸고, 새라는 휙 훑어보더니 어깨를 으쓱했다.

"뭐, 다 좋은데, 이 사람들이 누군지 난 모르겠고, 내가 모른다면 뭐……. 그렇잖아."

자기가 모른다면 아무도 모른다는 뜻이다.

나는 목록을 다시 내 손에 쥐고 헤이즐 프리처드란 이름을 가리켰다.

"헤이즐 프리처드는 민권 운동에 아주 적극적으로 참여했던 분이야."

잠시 침묵한 후, 나는 노래하듯 덧붙였다.

"민권 운동은 네가 제일 좋아하는 주제일 텐데."

민권 운동은 새라의 온 가족이 의견을 같이하는 단 하나의 정치적 주제이다. 모든 미국인에게 민권 운동이란? 좋은 것, 이라고 말이다. 그리고 작년에 엠마 언니는 민권 운동에 온통 미쳐 있었다. 엠마 언니는 1970년대에 이곳에서 북쪽으로 50킬로미터쯤 떨어진 곳에서 일어났던, 한 백인이 한 흑인을 살해한 사건과 그 사건의 재판에 관한 티모시 B. 타이슨의 《피로 쓴 서명》을 읽었다. 엠마 언니는 그 사건이 일어났던 마을을 직접 찾아갔고, 그 사건에 관해 40장짜리 논문을 썼다. 엠마 언니의 선생님은 그 논문이 학술지에 게재되도록 신청해 보길 바랐다.

거기에서 나는 한 가지 좋은 생각이 났다.

"엠마 언니한테 우리 도와 달라고 하면 어떨까? 도와줄 거야, 그치? 뭐 아닐 수도 있겠지. 그래도 어쩌면…… 그래, 나도 알아. 안 될 거야."

하지만 새라의 눈이 커졌다. 엠마 언니와 함께 할 기회! 우리 둘 다 엠마 언니를 우주에서 제일 멋진 여자로 숭배한다는 이야기를 한 적 있나? 확실한 건, 일방적인 감정이라는 것이다. 그렇다고 언니가 우리를 함부로 대하거나 불쾌하게 군다는 건 아니다. 그저 새라와 내가 어떤 의미 있는 방식으로 존재한다는 것을, 언니는 모르는 것 같을 뿐이다. 반려동물에 비유하면 우리는 금붕어이고, 운동에 비유하면 탁구다. 아니, 탁구대다. 개어놓은 빨래가 잔뜩 올려진.

새라는 내 말이 실현 가능할지 골똘히 생각하고 있다. 민권운동이라는 주제는 확실히 엠마 언니의 분야다. 이것이 자신의 발표가 아니라는 사실에 언니는 우릴 조금 질투할 수도 있다. 어쩌면 이렇게 멋진 생각을 해 낸 우리를 우러러볼 수도 있다.

그래, 우러러보다니, 웬 망상이냐고? 우리 생각도 그렇다. 새라는 마치 잠시 떠오른 환상을 떨어내려는 것처럼 고개를 흔들었다. 그리고 조금 더 생각하다, 새라는 말했다.

"알았어. 헤이즐 프리처드 여사는 분명히 발표 주제로 삼을 만한 분이야. 인정해."

"정말 그래."

나는 기분 좋게 동의했다.

새라는 귀 뒤에 꽂아 두었던 펜을 뽑아 공책의 새 장에 적기 시작했다.

"관련된 옛날 신문 기사가 분명 있을 거야. 인터뷰도 해야 할 거고. 언니가 우릴 차로 태워 줄 거야."

새라는 무미건조하게 말했다. 마치 엠마 언니가 늘 그러기라도 하는 듯이. 엠마 언니는 운전면허증을 딴 지 1년 반이 지났지만 물론 한 번도 우리를 차에 태워 준 적이 없다. 엠마 언니의 차는 타고 있을 때 남들도 봐 줬으면, 하고 바라게 되는 그런 차다. 오래된 하늘색 폭스바겐 비틀. 차 뒤는 정치적 메시지들이 담긴 범퍼용 스티커들로 온통 도배되어 있다. 이제 엠마 언니의 차 뒷좌석에 앉아 바람에 머리카락을 휘날리며, 진실과 정의와 공평한 세상을 찾아 나아가는 내 모습이 그려진다.

이런 일은 아마도 일어나지 않을 것이다. 하지만 꿈은 꿀 수 있다.

우리는 수업 시간 내내 발표 주제의 요점들을 가다듬었다. 종이 울리기 5분 전, 말리는 외쳤다.

"자, 내가 곧 발표 계획서 걷을 테니까 준비해 두고 있어."

계획서 위에 우리 둘의 이름을 깔끔하게 적은 새라는 만족스 럽다는 듯 고개를 끄덕이고 말했다.

"이건 정말 중요한 일이야. 네가 얘기해 준 그 모든 내용대로 라면, 헤이즐 프리처드는 영웅이었어. 사람들은 이분에 대해 알 아야 해."

"헤이즐 할머니에 대해 조사하기는 제럴딘 페라로에 대해 조 사하기보다 훨씬 재미있을 거야, 분명."

새라는 마치 제럴딘 누구? 하듯이 보았다.

그리고 시계를 보더니 미소 지으며 말했다.

"야, 야. '제레미 타임'이다."

우리는 기분 좋게 하이파이브 한다.

'제레미 타임'은 우리들 하루의 꽃이다.

9

제레미:

그는 누구인가?

제레미가 우리들의 인생에 들어온 것은 두 달 전, 고등학교에 입학한 첫날이었다. 새라와 나는 9학년 신입생 전체와 함께 강당으로 이동해, 끝없는 규칙들과 그 규칙들을 단 하나라도 어길 시 생기는 끔찍한 일들에 대한 교장, 교감 선생님의 연설을 들었다. 뒤이어 미식축구팀 대표와 치어리더 대표가 나와서 애교심에 대한 연설을 했고, 요는 애교심을 품지 않으려거든 원하는 대학에 들어갈 꿈도 접으라는 것이었다.

나는 맨빌 고등학교에 대한 애교심을 가득 품고 싶어 몸이 근질거렸다. 당장 손을 들고 무엇에든 참여하고 싶었다. 뭐든! 닥치는 대로! 이때는 내가 머리에 지푸라기를 붙인 채 등교한 날로부터 3일 전이었다. 다른 교실로 이동하는데 왜 아이들이 내 뒤통수를 가리키며 깔깔대는지 도무지 알 수 없던 날로부터 3일 전이었다. 집에 도착하자마자 다시는 고등학교 생활에 대해 이야기하고 싶지 않으니 아무 말 말라고 엄마에게 소리치며 내 방으로 쿵쿵 올라가던 날로부터 3일 전이었다.

단상에 총학생회장 메건 밴더빌트가 올라와, 어떻게 하면 적극적으로 학교생활에 참여할 수 있는지에 대한 안내를 시작했다.

"맨빌 고등학교에서는 할 수 있는 활동이 정말 많아요!"

이 한 마디에, 이미 나는 총학생회장이 되고 싶어졌다. 반짝반짝하고 깨끗하고 예쁘고 바쁜 메건 밴더빌트가 되고 싶었다.

15분에 걸쳐 각종 동아리 대표들이 나와 저마다 활동을 선보였다. 연기 동아리 회원들은 2분짜리 풍자극을 공연했고, 토론 동아리 회원들은 90초 동안 열띤 토론을 나누었다. 마지막으로 올라온 것은 즉흥 연주 밴드부였다. 메건 밴더빌트는 마치 흥분과 놀라움에 찬 것 같은 목소리로 소개를 했다.

"이 동아리는 금요일 오후마다 합주실에 모여서 즉흥 연주를 해요! 그리고 누구나 환영이에요!"

그리고 이때, 아직은 우리가 이름을 모르던 그가 등장했다. 제레미 피치. 큰 키에 움직임은 흐느적거리는 듯했고, 그가 전자 기타를 연주하기 시작하자 짙은 갈색 머리가 그의 눈을 가리며 흘러내렸다. 회색 더럼 불즈12 티셔츠 위에 파란 플란넬 셔츠, 카키색 카고 반바지, 맨발에 검정 로우탑 컨버스화. 학생들을 향해 고개를 든 그가 선명한 푸른 눈동자로 나와 새라를 보았고, 아주 짧은 미소를 짓고는 다시 기타로 고개를 숙였다.

흥분한 새라가 팔꿈치로 날 누르며 물었다.

"고개 들자마자 우리를 딱 봤어! 무슨 뜻일까?"

"뭐, 사랑에 빠진 거지. 우리 둘 중에 한 명 선택하기 힘들 텐데 어쩌나."

새라가 이번에는 세게 팔꿈치로 날 밀며 말했다.

"농담 아니야. 정말 우릴 쳐다보면서 웃었다니까."

"아기들이 미소 짓는 건, 속에 가스 차면 짓는 표정이기도 하대."

나는 무대에 선 저 멋진 남자애가 이 많은 아이들 중 나와 새라를 선택해 쳐다보았다는 착각에 빠지길 거부했다. 연설 릴레이와 끓어오르는 애교심, 수많은 교내 활동들에 대한 꿈으로 고교 시절은 벌써 내 인생 가장 좋은 시절로 전개되고 있었지만, 그렇다고 그렇게까지 좋은 시절일 리야 없었다. 하지만 몇 초 후 똑같은 일이 일어났다. 그가 고개를 들고, 우리를 보고, 내 머릿속을 하얗게 만드는 짓궂은 미소를 지었다.

새라는 내 팔을 꽉 잡으며 말했다.

"봤지? 너도 봤지, 어? 방금 건 절대 내 상상이 아니야."

조례가 끝난 후, 1교시 수업 교실로 직행하는 대신 우리는 한쪽 복도로 나가 강당의 옆문을 찾았다. 우리는 마치 그곳이 조례 후면 멋진 여자애들이 모여 시간을 보내는 곳이기라도 한 것처럼, 자연스럽게 행동하려 노력했다. 몇 분 후, 즉흥 연주 밴드부 아이들이 하나 둘씩 나오기 시작했고, 마침내 그가 나왔다. 아직 이름은 모르는, 꿈속의 기타 소년.

"멋지더라. 아까 무대 위에서 연주 진짜 좋았어."

새라는 우리 곁을 지나가는 그에게 말을 건넸다. 멈춰 선 그는 눈썹을 치켜올린 표정으로 다른 남자아이들을 둘러보고는 새라에게 말했다.

"고마워. 너도 기타 쳐?"

"기타 늘 배우고 싶었어."

새라는 거짓말했다.

"동아리 들려면 얼마나 잘해야 돼?"

그는 웃으며 대답했다.

"지금도 엄청 못하는 애들 많아. 잘해야 들어올 수 있는 거 아니야. 그래도 베이스를 치는 건 아니라서 아쉽다. 베이스 기타 치는 애들이 별로 없는데."

새라는 자연스럽게 머리카락을 젖히며 말했다.

“베이스 시도해 보지 뭐. 나는 새라 리먼이야.”

그 침착하고 자신 있는 태도에 놀라 나는 새라를 빤히 쳐다보았다. 새라는 남자들을 대하는 데 언제나 나보다 한 수 위였다. 대기 오염 방지법이나, 우리가 왜 기아에 도움의 손길을 내밀어야 하는지에 대해 강의를 하는 경향이 있기는 하지만 말이다. 그래도 자연스러운 머리 넘기기가 더해진 오늘의 대화는 새로운 경지였다.

좀 지루한 듯이 드럼스틱 한 짝으로 사물함을 툭툭 치고 있던 한 남자애가 물었다.

“그럼 너, 엠마 리먼이랑 자매야?”

새라는 자랑스럽게 고개를 끄덕였다. 기타 소년은 마치 그 순간 새라를 처음 보는 것처럼 바라보며 미소를 지었다.

“짱인데.”

그 드러머의 말에 몇몇 다른 남자애들도 고개를 끄덕였다.

새라가 내 어깨에 손을 올리고 날 대화에 끌어들였다.

“이쪽은 나랑 제일 친한 친구, 제이니야. 제이니 고먼. 노래를 엄청 잘해.”

나는 새라를 노려보았다. 나는 노래하기를 좋아하지만 엄청 잘한다고 할 수 있는 실력이, 아니, 그냥 잘한다고 할 수 있는 실력조차 아니란 말이다. 내 노래 실력은 시디나 라디오에서 나오는 노래들을 따라 부를 때에만 발휘된다. 가까이 있는 스피커에서 누군가의 목소리가 나오고 있어야만 음정을 맞출 수 있다. 스테레오를 끄면, 나의 노래는 웃기는 수준이다. 내 앞에 선 기타 소년에게 그 사실을 알리고 싶진 않았지만.

"나는 제레미 피치야. 우리랑 같이 하자. 보컬은 언제든 환영이야. 그런데 마이크랑 앰프는 네 걸 들고 와야 해."

나는 얼굴이 붉게 변하는 것을 느끼며 웅얼거렸다.

"나 그렇게 엄청 잘하지 않아. 그냥 괜찮은 정도지."

제레미는 어깨를 으쓱하며 말했다.

"상관없어. 우리는 실력 제한 같은 거 없어."

이때 그 드러머가 드럼 스틱으로 사물함 통풍구 세 개를 쓸어내리며 말했다.

"야, 가자. 나, 해야 할 일도 있고 만나야 할 사람도 있어."

"그래, 그래, 너 중요한 인물인 거 알아."

제레미는 드럼 스틱 하나를 잡고는 우리를 가리켰다.

"연주실에 언제 꼭 와. 우리 동아리엔 여자애들이 별로 없거든."

우리는 밴드부원들의 말소리가 들리지 않을 때까지 기다린 후, 방금 일어난 일에 대해 분석하기 시작했다.

"나 베이스 꼭 배울 거야!"

새라가 복도에 대고 선언했다.

"우리 언니도 베이스는 안 쳐. 완전 나만의 특기 될 수 있을 거야."

"근데 너, 왜 내가 노래 잘한단 소릴 해? 나 못하잖아. 못한다고."

나는 불평했다.

새라는 투명 베이스를 몇 줄 튕겼다.

"너 할 수 있어. 잘해. 다른 사람이 듣고 있으면 너무 긴장하는 것뿐이지. 너 혼자 의식 안 하고 부를 때는 잘해."

"밴드랑 즉흥 연주하면, 다른 애들이 내 노래 듣는 거잖아."

"그러네. 그래도 뭔가 수가 생기겠지. 우리 방금 지구상에서 제일 멋진 남자애를 만난 것 같아."

이렇게 제레미에 대한 집착은 시작되었다. 우리는 곧 작년의 학생 앨범을 뒤져 그가 우리보다 두 학년 높은 11학년이라는 것과 크로스컨트리13에 참가했다는 것을 알아냈다. 또 알고 보니 그의 사물함은 모리슨 선생님의 교실에서 몇 미터 떨어져 있지 않았다. 즉, 타이밍만 잘 맞추면 우린 매일 꿈속의 기타 소년을 마주칠 수 있는 것이다.

우리는 늘 타이밍을 잘 맞췄다.

그의 사물함으로 직행한 우리에게 제레미가 묻는다.

"베이스는 구했어? 베이스 연주자가 별로 없거든."

그는 매일 똑같은 말을 한다. 일관성은 그의 매력 중 하나다.

새라는 대답한다.

"아직 구하는 중이야. 그런데, 누가 베이스 연주가 아주 괜찮은 음악들로 시디 좀 구워 줬으면 좋겠어. 듣고 영감 받을 수 있게."

제레미는 사물함 자물쇠 번호를 누르며 말했다.

"몬스터한테 너 하나 만들어 주라고 할게. 믹스 테이프 만들어 주는 건 완전 개 전공이거든."

"믹스 시디겠지."

언제나처럼, 실수를 지적하지 않고는 체질적으로 넘어갈 수가 없는 새라였다. 새라는 재빨리 덧붙였다.

"뭐, 믹스 시디나 믹스 테이프나. 그게 그거긴 하지만."

"그게 그거지."

제레미가 맞장구치며 공책으로 새라의 머리를 가볍게 쳤다. 그리고 나를 보았다.

"노래의 달인, 노래 언제 들려줄 거야?"

내가 더듬거리며 대답을 하기도 전에 제레미는 사물함을 닫고 복도를 향했고, 어깨 너머로 외쳤다.

"그럼 난 이만."

이것이 언제나 그가 작별 인사를 하는 방법이다.

가끔 난 제레미가 우리에게 품은 호감에 비해, 우리가 제레미에게 품은 호감이 지나치게 크다는 생각이 든다.

하지만 어디까지나 한 견해일 뿐이다.

제레미가 사라진 후면 언제나 그렇듯, 우리는 잠시 말없이 서 있었다. 그가 우리와 함께한 짧은 시간 동안 대기 중으로 불어넣은 분자들이 우리 위로 내려앉도록. 나는 그 사랑스러운 몇 초 동안, 고등학교는 어쩌면 결국 그리 끔찍한 곳이 아니란 생각을 허락하고, 새라의 일일 비평을 기다린다.

"믹스 시디라고 지적하지 말걸. 그게 첫 번째 실수였어. 난 항상 왜 그런 짓을 할까? 왜 그냥 내버려 두질 못할까?"

"완벽주의자니까 그렇지. 어쩔 수 없어."

새라는 한숨을 쉬었다.

"그래, 어쩔 수 없어."

그리고 새라는 떨쳐냈다.

"그리고 둘째, 그 믹스 테이프를 직접 만들어 달라고 고집하는 건데 잘못했어. 그 몬스터인가 하는 애가 만들게 할 게 아니라 말이야. 사람 이름이 진짜로 몬스터일 수가 있어?"

나는 말라깽이 사물함 주인을 위해 가로 막고 있던 사물함에서 비켜서며 말했다.

"별명이겠지. 누가 자기 아이 이름을 '몬스터'라고 짓겠어. 미치지 않고서야."

"좀 제정신이 아닌 분들이시기는 하지. 그건 사실이야."

굵직한 목소리였다.

새라와 난 둘 다 펄쩍 뛰었다. 우리를 보며 서 있는, 아니, 우리를 향해 다가오고 있는 사람은 키가 최소한 190은 될 것 같은, 미식축구 수비수 같은 체격의 남자였다. 작업복 스타일 멜빵바지에 홀치기염색이 된 티셔츠를 입었고, 붉은 긴 머리는 말총머리로 묶었다. 두 손을 주머니에 넣은 채 구부정한 자세로 섰다.

"몬스터 파틴 몬로. 내 출생 신고서에 정확히 그렇게 적혀 있어. 확인하고 싶으면 지방 법원까지 태워다 줄 수도 있고, 원한다면 사본도 받아 줄 수 있어."

"아, 아니야. 괜찮아."

나는 난처함으로 얼굴이 달아올랐다. 하지만 물었다.

"그런데…… 도대체 왜?"

"왜 '몬스터'냐고?"

나는 고개를 끄덕였다.

"아마 지금 내 덩치가 크다고 생각하겠지만, 막 태어났을 땐 더했어. 6.1킬로."

그는 내게서 왼쪽으로 1미터쯤 떨어진 사물함으로 긴 팔을
뻗어, 자물쇠 번호를 누르기 시작했다.

"우리 가족들이 다 커. 할아버지도 크시고, 아빠도 크시고, 엄
마도 크시고. 대체적으로 아주 커다랗게 생긴 사람들이라고 할
수 있지."

지금까지 막혀 있던 새라의 말문이 트였다.

"저기, 혹시 베이스 쳐? 제레미 선배가 영감을 줄 만한 좋은
베이스 연주가 담긴 믹스 시디, 아니 믹스 테이프를 몬스터가 만
들어 줄 거라고 했거든."

"그랬단 말이지?"

몬스터는 사물함에 홀로 있는 공책 한 권을 꺼내며 미소를 지
었다.

"영감이라 하면, 뭐, 머릿속에 하느님이랑 천사들이 막 떠오
르게 하는 음악 말이야?"

"아니. 내가 베이스를 치고 싶도록 영감이 될 만한 음악들 말
이야."

그 말에 몬스터 몬로는 곧바로 진지해졌다.

"너 베이스 치려고?"

새라는 고개를 끄덕였다.

"즉흥 연주 밴드부에 들어가게."

"대단한데."

몬스터는 이번엔 내게 물었다.

"너는? 너도 베이스 치고 싶어?"

"아니, 그게, 나는 보컬을 할까 생각하고 있었어. 즉흥 연주할 때 같이. 뭐, 그런데 아마 안 할 거야. 내가 좀, 다른 사람들 앞에서 노래 부르는 거, 별로 안 좋아하거든."

"좀 더 크게 살아야지."

몬스터는 내게 충고했다. 그리고 새라에게 말했다.

"믹스 시디 하나 만들어 줄게. 베이스 치는 법도 가르쳐 달라면 가르쳐 주고. 베이스는 있어?"

"아직 없어. 사실 어디서 어떻게 구해야 할지 모르겠어."

몬스터는 평가하듯 우리를 보았다.

"그러니까, 노래 부르는 걸 별로 안 좋아하는 보컬이랑 베이스를 어떻게 손에 넣을지도 모르는 베이스 연주자구나. 도움이 좀 필요하겠다."

그러더니 그는 한 손은 내 어깨에 한 손은 새라의 어깨에 올리더니 우리를 이끌고 복도를 걸었고, 복도의 인파가 우리 앞에서 홍해처럼 갈라졌다.

10

제이니의 세계와 엠마의 세계

집에 가자 에이버리가 식탁에 앉아 뺨 위로 눈물을 줄줄 흘리고 있고, 그 앞에는 에이버리가 제일 아끼는 분홍색 티셔츠가 누더기가 되어 놓여 있었다. 옆에는 엄마가 싸움에 진 것 같은 표정으로 왼손에는 책 《멋지게 티셔츠 리폼하기》를, 오른손에는 가위를 들고 서 있다.

"뭐가 잘못된 건지 모르겠어. 책에서는 굉장히 간단한 것처럼 보였는데."

나를 본 엄마는 한숨을 쉬며 말했다.

나는 의자에 가방을 내려놓고 티셔츠를 들어 보았다. 티셔츠를 완전히 망쳐 버리려는 의도가 아니라면 도대체 무슨 시도를 한 것인지 통 알 수가 없었다. 당황스런 내 생각을 읽은 듯 엄마는 말했다.

"티셔츠 아랫단에서 15센티미터 정도를 자른 다음에, 그 부분에 귀여운 띠를 바느질해서 달고, 그 띠 아래에다가 티셔츠 오린 걸 다시 바느질해 달면 되는 거야. 말이 되는 것 같아?"

눈을 가늘게 뜨고 그 모습을 그려 본 다음 고개를 끄덕였다.

"응, 돼. 그 띠가 티셔츠 가운데를 두르는 모양이 되는 거잖아."

"맞아!"

이해를 받아 엄마의 얼굴이 밝아졌다. 그러곤 다시 찌푸려졌다.

"천 자르기엔 이 가위가 적당치 않았던 것 같아."

엄마는 가위를 들어 보여 주었다. 그건 엄마가 피자를 자를 때 쓰는 가위였다. 티셔츠가 누더기가 된 것이 당연했다.

"당연히 적당치 않지. 뭐, 철수세미 같은 걸로 된 천이면 몰라도."

비아냥대지 않을 수가 없었다.

엄마는 상처 받은 얼굴이다.

"이 가위 말고 다른 가위는 찾을 수가 없었단 말이야."

"그럼, 내가 고쳐 볼까?"

나는 조심스레 물었다. 이 환상의 모녀 짝꿍을 돕고 싶은 건 아니었지만, 초등학교 3학년짜리가 우는 모습은 나조차 그냥 보고 있기가 힘들었다.

엄마와 에이버리가 동시에 고개를 끄덕였다. 에이버리는 희미하게 웃음마저 띠고는 뺨에서 눈물을 닦아냈다.

"언니가 내 티 고쳐 주면, 일주일 동안 내 바우저 언니 침대에 둬도 돼."

바우저는 에이버리의…… 무슨 솜 인형이다. 원래 무슨 인형이었는지 생각이 나지 않는다. 내가 아는 것은 망가진 에이버리의 티셔츠보다도 나쁜 상태라는 것뿐이다.

좋게 거절하려 애썼다.

"괜찮아. 나한테 아무것도 안 해 줘도 돼. 도와주고 싶어서 도와주는 거야."

나는 여러 모양으로 잘린 분홍색 천 조각들을 집어 들었고, 엄마는 분홍색과 초록색의 물방울무늬 띠와 분홍색 실 꾸러미를 건네주며 물었다.

"벼룩시장에서 새로 산 재봉틀 쓸래?"

"괜찮아."

나는 방으로 올라왔다. 벽장에서 9살 때 할머니에게서 물려받은 오래된 싱거 재봉틀을 꺼냈다. 그 재봉틀을 책상 위에 놓고 작업을 준비했다. 아주 구형이지만 여전히 쓸 만한 기계다. 오랫동안 이 재봉틀로 에이라인 치마, 면 혼방 티셔츠 등 간단한 옷을 직접 만들었지만, 요즘은 새 옷을 만들기보다는 대체로 헌 옷들을 리폼한다. 이번 여름에는 옷소매와 바지 끝에 단을 덧대는 데에 푹 빠져, 내 모든 청바지와 반바지에 이베이에서 산 근사한 빈티지 천으로 롤업 단을 만들어 달았다. 좀 더 최근에 열중했던 단계는 '자선 바자에서 산 헌 남자 셔츠로 뭘 할 수 있을까?'와 '티셔츠로 치마를 만들 수 있을까?'다.(만들 수 있다. 고무줄로 허리띠를 다는 법만 알면 된다.)

최상의 배치로 복구하기 위해 잘린 티셔츠 조각들을 퍼즐처럼 이리저리 맞추어 보며, 내가 친구들(새라, 로렌, 소니아, 레베카, 두 명의 해나) 사이에서 옷을 직접 만들고 리폼하는 창의적인 아이로 통했던 중학교 시절이 떠올랐다. 새라는 천재 소녀이자 세상을 바꾸겠다는 아이, 로렌은 만능 체육 소녀, 소니아와 레베카는 음악 밴드 마니아. 해나 둘에겐 대표하는 개성이라 할 만한 것이 없었는데, 그게 그 아이들의 매력 중 하나였다. 두 해나는 나머지 우리들을 응원해 주는 팬과 같았다.

천 조각들을 핀으로 고정하며 중학교 친구들 중에 가장 그리운 아이는 사실 두 해나인 것도 같다는 생각이 들었다. 학교에 가면 누군가 나의 최신 창작물에 대해 호들갑을 떨어 준다는 것, 기분 좋은 일이었다. 내가 특별한 아이처럼 느껴졌다.

물론, 요즘 느끼는 나의 특별함은 먼지 입자 수준이다. 유일하게 지금도 늘 보는 중학교 친구인 새라는 내 옷차림을 당연하게 여긴다. 멋진 새 신발을 신고 가면 관심을 보인다. 하지만 헌 청바지와 죽여주는 천으로 내가 직접 만든 치마를 입고 가면? 새라에겐 익숙한 일일 뿐이다. 두 해나에겐 익숙한 일이란 없었다.

나는 한숨을 한 번 쉰 후, 너덜너덜해진 티셔츠 아래쪽을 깨끗하게 자르기 시작했다. 중학교 시절에 상상한 고등학교 생활은 늘 여러 친구들과 함께 있는 모습이었다. 웃으며 강당이나 미식축구 경기장 등으로 이동하는 모습, 쇼핑몰을 함께 돌아다니는 모습. 그 백일몽 속 친구들 중에는 남자아이들도 있었다. 멋있고 재미있고 똑똑한, 길에서 괜히 나를 놀리거나 실없는 장난으로 웃게도 하지만 일대일로 대화할 땐 사려 깊고 진지한 면을 보이는 남자아이들.

하지만 지금 나에게는?

몬스터뿐이다.

고등학교에 입학한 후 두 달 동안 내게 조금이라도 관심이 있었던 남자는 몬스터뿐이다. 뭐, 제레미도 있지만 사실 포함할 수가 없다. 새라와 내가 제레미의 사물함으로 쪼르르 달려가길 멈추면 그때부터는 갑자기 제레미가 우리의 사물함 앞으로 찾아오기 시작하리라고 믿을 만큼 착각에 빠져 있지는 않으니까.

사실, 제레미는 친근하게 굴면서도 실제로 우리와 친구가 되지는 않았다.

하지만 오늘 오후, 복도에서 버스 타는 곳까지 나와 새라와 함께 걸어갔던 몬스터는 우리와 친구 하는 데에 확실히 관심이 있는 것 같았다. 냄새나는 농장 딸이라는 또 다른 내 정체성을 몬스터는 모르는 것 같았고, 알았어도 개의치 않은 것이다. 우리가 어떤 음악을 듣는지 끝없이 질문했고 모호한 대답을 내놓으면 심히 못마땅해하며 고개를 저었다.

"아무 음악이나 다 듣는다거나 '컨트리 빼고 다' 듣는다, 같은 대답 좀 하지 마. 그런 건 아무 의미도 없는 대답이잖아. 그리고 컨트리 음악이 뭐 잘못됐어? 행크 윌리엄스가 너희한테 죄졌냐?"

그래서 우리가 밴드 이름을 대면 앨범 이름을 물어봤고, 좋아하는 시디를 대면 그 속에서 제일 좋아하는 곡을 물어봤다. 버스 정류장에 도착했을 때 나는 진이 빠져 있었지만, 몬스터가 정말 우릴 도우려 한다는 느낌이 들었다. 우리와 헤어지기 전에 몬스터는 공책을 건네며 말했다.

"전화번호 적어 줘. 더 물어볼 게 있을지도 모르니까. 믹스 시디를 만들어 주려면, 어떤 곡들을 넣어야 할지 알아야지."

나는 공책을 받아들고 가방에서 펜을 꺼내며 물었다.

“내 것도 만들어 줄 거야?”

“노래를 하고 싶으면 잘 부른 노래들을 들어야 돼. 지금 얘기한 걸 들어 보니 그랬던 것 같지가 않네. 듣는 거라곤 ‘인기곡 탑 40’ 따위밖에 없잖아. 그래 가지곤 노래 못 배워.”

나는 휴대폰 번호를 적고 새라에게 공책을 건넸다.

“그런데 전에 말했듯이, 내가 진짜 노래를 하고 싶은 건지는 모르겠어.”

“그럼 다른 중요한 할 일 있어?”

자, 좋은 질문이다. 나는 재봉틀 앞에 앉아 페달에 발을 얹고 전원을 켠다. 실패를 실패꽂이에 끼우고 실을 바늘에 끼우며, 아마도 그게 내 문제인가 보다, 하고 생각한다. 나는 중요한 할 일이 없다. 중요한 할 일로 뭐가 있을는지 떠오르지도 않는다. 난 그저 어딜 가든 농촌의 흔적을 남기고 다니는 ‘농장 소녀’일 뿐이다. 내가 원하는 건, 정말 평범한 삶을 사는 것뿐이다. 정상적인 냄새가 나고, 정상적인 모습으로 보이고, 정상적인 행동을 하고 싶다. 나는 섞여 들고 싶다. 그것이 왜 그렇게 불가능한 목표여야 할까?

하지만 내가 금요일마다 밴드부의 보컬을 맡는 여자아이가 된다면, 그땐 다를지도 모르겠다. 그렇게 된다면 훗날, 늘 좋은 뜻으로 자선 행사를 여는 유명 가수들 중 한 명이 될지도 모르는 일이다. '초콜릿 생산 과정에 대한 인식을 촉구하는 콘서트'를 열 수도 있겠다. 아니, 최소한 밴드부에 가입한 여자아이로 알려지는 것만으로도 모두의 머릿속에서 잊힐지도 모른다. 스쿨버스가 빵빵거리기 30초 전에 팻시 클라인이 엎지른 염소젖에 양말이 젖어, 상한 우유 냄새를 풍기며 등교했던 내 모습 따위는 말이다.

그러니까, 나도 노래할 수 있다. 안 될 이유가 없다. 새라와 금요일 방과 후 처음으로 연주실에 가 보려다가 도착도 하기 전에 긴장해 목소리가 나오지 않았다고 해서, 내가 노래를 할 수 없다는 뜻은 아니다. 그 다음 금요일에 이번에는 반드시 들어가 구경을 하자고 결심하고는 입구에서 겁을 먹고 포기한 일 역시, 내가 노래를 할 수 없다는 뜻은 아니다.

그저 연습이 필요한 것. 그것뿐이다. 몬스터가 만들어 줄 믹스 시디를 듣고 나는 배울 것이다. 그 가수들의 노래를 틀어 놓고 함께 불러 본 다음, 시디를 끄고 혼자 불러 볼 것이다.

내가 노래로 유명해지기만 한다면, 내 주위엔 벌떼처럼 아이들이 모여 동아리에 가입해 달라고, 파티에 와 달라고 조를 것이고, 내 고교 생활의 앞날은 창창할 것이다. 어쩌면 엄마 아빠를 설득해 다시 도시 쪽으로 이사를 갈 수 있을지도 모르고, 그래서 내가 꿈꾸던 정상적인 십대 소녀의 삶을 살게 될 수도 있다.

환상에서 벗어나기 전에, 나는 재봉틀 페달을 밟고 에이버리의 티셔츠 아랫단을 바느질하기 시작했다.

주머니 속에서 휴대폰이 울렸다. 새라의 목소리보다 흥분이 먼저 전해져 왔다. 새라는 내가 '여보세요'의 '보'도 하기 전에 외쳤다.

"오늘 우리 집 와서 저녁 먹어!"

"알았어. 그런데 왜?"

"우리 발표 준비 도와 달라고 언니 설득하게! 엄마는 그 생각 완전 마음에 들어 하는 것 같아. 어쩌면 언니를 제 궤도로 되돌려 놓을 수도 있다고 생각하나 봐."

"제 궤도? 어떤 제 궤도?"

"내가 알아? 뭐, 하버드에 들어가는 궤도겠지. 아니면 적어도 커뮤니티 칼리지에는 가는 궤도. 할리 데이비슨 오토바이 컨벤션 가는 궤도만 아니면 될 거야."

서로를 안 지 참 오래된 지금, 마침내 우리가 엠마 언니와 무언가를 할지도 모른다는 생각에 기분이 이상했다. 무언가를 한다는 것은 그러니까, 개인적인 소통과 대화가 포함되는 일을 하는 것. 전에도 우린 엠마 언니와 함께한 일들이 있다. 나와 새라, 엠마 언니는 새라네 부모님이 운전하는 미니밴을 타고 쇼핑몰, 주 박람회, 극장에도 갔었다. 하지만 엠마 언니는 우리와 함께 있어도 정말 함께 있지는 않았다. 우리가 초등학교 1학년이고 언니가 초등학교 4학년이던 시절에조차, 언니는 가족 속에서 사는 것이 아니라, 가족의 주위를 도는 것 같았다.

나는 기억 속을 뒤져 보았다. 어렸을 때 엠마 언니는 친구가 있었나? 우리가 모두 같은 초등학교에 다닐 때 엠마 언니는 스쿨버스에서 누구와 함께 앉았나? 하지만 떠오르는 모든 장면들 속에 언니는 책 속에 코를 묻고 있었다. 버스에서도, 운동장에서도, 복도를 걸을 때도. 언니가 흥미로운 친구 관계로 알려지기 시작한 것은 중학교 이후부터였다. 항상 자신보다 나이가 많았고, 부모님들이라면 초등학교 3학년 때부터 일찌감치 놀지 말라고 경고를 할 만한 그런 친구들이 언니의 친구들이었다.

때때로 엠마 언니가 나가서 우리가 모르는 누구와 우리가 모르는 무엇을 하느라 바쁠 때, 새라와 나는 언니의 방에 몰래 들어가 보곤 했다. 책이 가득한 네 개의 높은 책장과 완벽히 정리된 책상이 있는 그 방은 놀라울 만큼 깔끔했다. 새라는 언젠가 이렇게 말했다.

"이래서 언니가 자기 맘대로 하고도 많이 혼나지 않는 거야. 우리 집에서는 깔끔한 게 굉장히 중요하거든."

중학교 시절 엠마 언니는 일기를 썼고 언니의 베개 밑에서 그 일기장을 발견한 우리는, 물론 읽었다. 우리는 5학년, 언니는

8학년이었으니 우린 언니의 일기 속에 흥미진진한 이야기들이 가득할 거라고 생각했다. 남자애들, 브래지어, 생리에 대한 얘기들. (당시에 우리를 사로잡던 주제들이었다.) 하지만 일기장을 넘기고 또 넘겨도 언니가 써 둔 내용은 온통 신에 관해서뿐이었다. 신이 존재하는가? 존재하지 않는다면 무엇이 우주를 시작되게 했는가? 신이 훌륭하다면, 왜 고통 받는 사람들이 이토록 많은가? 단 하나의 종교만이 옳은 종교라면, 왜 신은 모두에게 그걸 좀 더 확실히 알리지 않았을까?

다시 말해, 엠마 언니의 일기는 우리에게 크나큰 실망이었다. 하지만 이후, 언니가 단지 새라의 언니 엠마가 아니라, '유명한 반항아 엠마 리먼'이 되었을 때, 나는 언니가 열네 살에 썼던 모든 내용들을 생각했다. 언니는 신에 대해 포기해 버렸을까? 아니면 그 반대일까? 언니는 자기 차가 생기자마자 '크게 살아라.'라고 적힌 범퍼 스티커를 붙였고, 나는 신이 존재한다면 그게 바로 신이 우리에게 원하는 바일 수도 있겠다는 생각이 들었다.

그래서 엠마 언니는 크게 살지만, 언니의 세계 속에서 산다. 이제야, 드디어, 어쩌면 엠마 언니가 새라와 제이니의 세계에 한 발을 들여놓게 될지도 모른다. 나는 그게 좀 긴장되기도 하지만, 드디어 발표에 대해서도 마음을 놓았고 나와 함께 몬스터와의 우정도 막 키워 가기 시작한 새라에겐 말하지 않는다. 새라는 말했다.

"몬스터 선배 좀 멋있어. 안 그래? 내 타입은 아니지만, 누군가의 타입일 수는 있을 것 같아. 몬스터 선배한테 베이스 치는 법을 배울 거라니, 안 믿기네. 선배 집은 어떻게 생겼을지 모르겠다."

다음 주 월요일 학교 끝난 후, 우린 맨빌 반대편에 있는 몬스터의 '셋방'으로 가기로 했다. 몬스터는 자신이 전에 쓰던 베이스를 새라에게 줄 것이고 연주하는 방법도 가르쳐 줄 것이다. 아무리 노력해 봐도 몬스터가 들어가 있는 집을 상상할 수가 없다. 집 안에 들어가기에는 몬스터가 너무 크다. 비행기 격납고 정도가 좀 더 맞을 것 같다.

에이버리가 내 방 앞 복도에 나타났다.

"내 티셔츠 다 고쳤어?"

내 방으로 몸을 기울이며, 하지만 문턱은 넘지 않은 채 에이버리는 속삭여 물었다.

"거의."

내가 이렇게 속삭여 답하자, 에이버리는 내게 엄지를 내밀어 보이곤 총총히 사라졌다. 새라가 엠마 언니를 우러러보듯 에이버리도 나를 그렇게 볼까, 나는 궁금해졌다. 아닐 것이다. 적어도 아직은. 특히 내가 전에 없이 퉁명스러워진 지금은 아닐 것이다. 지금 에이버리의 세계에서 눈부시게 빛나는 스타는 엄마다.

　내 책상 위에 놓인 분홍 티셔츠를 내려다보았다. 잘린 여러 티셔츠 조각들이 핀으로 고정되어 있다. 그래, 지금은 엄마가 인기를 독차지하고 있지만 이런 티셔츠 참사가 한 번만 더 일어나면 엄마의 인기도 물거품처럼 사라지고 말 것이다.

11

교외에서 보낸 하룻밤

엄마가 모는 차가 빅토리아 거리에 들어섰을 때, 나는 흘끗 엄마의 표정을 살폈다. 후회하고 있을까? 잔디를 깎는 데 20분밖에 걸리지 않던 교외 생활을 그리워하고 있을까? 옛 이웃들이 보고 싶을까? 새라네뿐 아니라 바워먼 씨 가족, 이 씨 가족, 폴 씨 가족과 그래햄 씨 가족까지. 지금 엄마에게 있는 이웃은 닭들과 염소들뿐이다. 결코 주민 파티를 열지 않는.

하지만 엄마는 생각에 잠긴 듯했고, 도시에서 살던 옛날을 그리워하는 것이 아니라 아마도 머릿속으로 다음 글을 쓰고 있는 것 같았다. 글은 분명, '며칠 전, 예전에 살던 동네를 차를 몰고 지나갔는데——'라고 시작해 온갖 사색들로 이어질 것이다. 엄마가 어떻게 농장에 와서 자기 자신을 찾았는지에 대해. 그래,

그건 어느 정도 사실이다. 빅토리아 길에 살던 시절 엄마는 지쳐 있을 때가 많았다. 직장 일을 해야 했고, 유치원 이사회에도 참여해야 했고, 형편없는 저녁밥도 준비해야 했고, 두 아이도 재워야 했다. 저녁 식탁에서 와인을 많이 마셨고 재산세가 높다, 담당 편집자가 멍청하다, 소리 높여 불평하곤 했다. 요즘 엄마는 특별한 수공예 참사가 일어나지 않는 한, 술을 거의 마시지 않고, 엄마 자신이 자기 글의 편집자다.

새라네 집 앞 커브 길에 차를 댄 후, 엄마와 나는 길 건너 전에 살던 집을 바라보았다. 그리고 난 고등학교에 들어온 후 심심찮게 품은 상상을 또 한 번 떠올렸다. 매일 아침 가축 분뇨와 그 외 위험 요소들의 지뢰밭인 농장 들판을 껑충거리는 대신 빅토리아 길을 여유 있게 거닐어 버스 정류장까지 갈 수 있는 인생을. 버스에 올라타도 아무도 '스컹크 걸이다! 모두 코 막아!'라고 외치고 싶어지는 일 없는 인생을.

고개를 돌려 앞 유리 너머 바깥을 내다보았다. 갑자기 너무 슬픈 일이라는 생각이 들었다. 고작 두 달이 지났을 뿐인데, 학생회장 선거에 나가고 싶고 학생 앨범 제작에 참여하고 싶다고 꿈꾸던 나는, 아이들 속에 완전히 섞여 들어 아무도 내 존재를 기억 못하기를 꿈꾸는 아이가 되어 버렸다.

나는 문을 두드리지도 않고 새라네 집에 들어갔다.

"저 왔어요!"

현관 복도에서 이렇게 외치는 기분이 정말 좋아, 난 또 한 번 외쳤다.

"저 왔어요! 저녁은 뭐예요?"

"고기 찜이야! 집에 가면 너희 엄마한테 이 아줌마가 우리 지역에서 생산된 쇠고기로 저녁 만들었다고 전해 줘."

나는 부엌으로 고개를 내밀었다.

"아줌마 저희 엄마 블로그 읽으세요?"

"꼭꼭 읽어. 새라 아빠한테 소리 내서 읽어 주기도 좋아하고. 지속 가능한 발전에 대한 얘기 나오면, 막 열 올라 하거든!"

새라는 방에서 노트북으로 뭔가를 하고 있다. 내가 침대에 털썩 앉자 새라는 물었다.

"너 할런 할아버지 유명한 분이라는 거 알고 있었어? 언니가 얘기해 주더라. 그분에 대해서 엄청 많이 읽었대."

"우리 조사 도와줄 수 있는지는 물어봤어?"

새라는 고개를 저었다.

"그래도 관심을 많이 자극하고 있어. 네가 할런 할아버지랑 아는 사이라니까 언니 진짜 놀라던데. 할런 할아버지 부인이 사람들이 투표할 수 있도록 글 읽고 쓰기 가르쳤다는 얘기 하니까, 언니 눈 튀어나올 것 같았어. 언니 정말 관심 많아."

나는 번지는 미소를 참을 수 없었다. 내가 할런 할아버지를 안다는 사실에 언니가 놀라워했다니. 갑자기 스타가 된 것 같다. 나는 말했다.

"내가 저녁 먹으면서 언니한테 할런 할아버지 이야기 많이 할게. 어쩌면 할아버지 계시는 요양원에 언니더러 태워다 달라고 할 수도 있겠다. 그럼 언니, 할아버지 직접 만날 수 있잖아."

새라가 한 손을 들었다.

"내가 던질게, 그 장려책은. 우리 언니한테 뭐 얘기할 땐 타이밍이 결정적으로 중요하거든."

저녁 식탁에서 새라 부모님은 내 성적에 대해 물었고, 내 대수학1 성적이 그리 좋지 못한 것 같다며 걱정했다. 아저씨는 말했다.

"올해부터 모든 성적이 중요한 거다, 제이니. 지금까지 항상 잘해 왔잖아. 고등학교 사교 생활에 정신 팔려선 안 돼."

새라가 못 말린다는 듯 눈을 뒤집었고, 나는 웃음을 참았다. '고등학교 사교 생활'라는 표현과, 내게 그런 것이 있다는 생각 중 어느 쪽이 더 웃긴지 알 수가 없었다.

"같이 어울리는 법을 배우는 것도 교육의 일부예요. 성적이 다가 아니라고요."

엠마 언니였다.

아저씨는 대놓고 언니의 그 말을 무시했다. 엠마 언니가 입을 연 것이 마치 예절 규칙의 위반이기라도 한 것처럼 저녁 식탁이 긴장감에 휩싸였다. 새라네에서 밥을 먹을 때 불편한 부분이 바로 이런 부분이다. 느긋한 사람들이 아니라는 것. 우리 집 저녁 식탁은 꽤 태평스러운 분위기다. 아빠는 농담을 하거나 이야기를 들려주고, 엄마는 농장 생활에 대한 보고를 하고, 에이버리는 늘 초등학교 3학년의 삶에 대한 뭔가 귀여운 발언을 한다. 난 가족의 대화에 한마디도 보태기가 힘들고 에이버리의 사랑스러움이 신경에 거슬릴 때조차, 식탁에 함께 모여 앉아 있는 것이 좋다. 음식은 맛있고 아무도 나를 스컹크 걸이라고 부르지 않는다.

새라네 가족의 날선 고요 속에 앉아 있기가 너무 불편했다. 참지 못한 나는 불쑥 말해 버리고 말았다.

"엠마 언니, 할런 할아버지 만나러 우리랑 같이 갈래?"

새라가 날 노려보았지만, 언니는 관심이 있는 표정이었다.

"그런데 네가 그분을 어떻게 아는 거야?"

그래서 나는 아빠의 최근 인터뷰와 할런 할아버지네 마당의 예술품에 대해 설명했다.

"나, 그 십자가 몇 번쯤 봤어. 진짜 멋져. 여름에는 그 위에 꽃들이 잔뜩 피어."

나는 마치 얼마 전에 다녀온 디즈니랜드에 대해 자랑하는 열 살짜리 같다.

그때 아저씨가 말했다.

"무슨 그런 터무니없는. 마당에 불탄 십자가라니. 불이 꺼지자마자 치웠어야지."

"난 정말 멋지다고 생각해요. 정말 멋져."

조용히 말하는 엠마 언니였다.

갑자기 집 앞에서 들리는 오토바이 엔진 소리에 모두가 움직였다.

"전 올라가 볼게요."

엠마 언니는 커다랗게 바닥 긁는 소리를 내며 의자를 밀고 일어섰다.

아저씨는 냅킨을 집어던졌다.

"가긴 어딜 가! 저 놈 한 번만 더 오면 경찰 부른다고 내가 말했어, 안 했어?"

아주머니는 일어서서 식사하던 접시를 집어 들었다.

"오늘 저녁도 망쳤네."

아주머니는 한숨을 쉬었다.

"아, 맞다. 제이니, 우리 지역에서 키운 쇠고기가 정말 더 나은 것 같아. 내가 그러더라고 엄마한테 전해 드려."

"따라 와!"

새라는 내 팔을 잡고 거실로 이끌었고, 거실 창에 얼굴을 붙이고 밖을 내다봤다.

"타드다!"

내게도 보라고 손짓했다.

"거의 매일 와서 이래."

"너희 아빠 진짜 경찰 부르실까?"

차고 그늘에 서서 엠마 언니의 방을 올려다보는 언니의 남자 친구가 보였다. 그는 언니가 한 무슨 말인가에 웃음을 터뜨리더니, 언니를 향해 손 키스를 날렸다.

"아니, 말은 늘 그렇게 하시지만 절대 안 부르실 거야. 우리 집 앞마당에 이미 한바탕 구경거리 났었잖아. 그런 구경거리 또 되기는 원하지 않으셔."

부엌으로 돌아온 우리는 아주머니를 도와 식탁을 치웠고, 설거지를 하겠다고 했다. 나는 가스레인지의 기름때를 문지르며 새라에게 물었다.

"너희 언니한테 우리 도와줄 건지는 언제 물어보지? 발표 준비 이제 곧 시작해야 해."

새라는 들뜬 목소리로 대답했다.

"오늘 어쩌면 언니가 너 집까지 태워다 줄 수도 있어. 그러면 나도 같이 가고, 그러면 우리——”

“그렇게는 안 될 거다.”

주방 조리대 저편에서 우편물들을 정리하던 아주머니가 말했다.

“제이니는 내가 태워 줄 거야. 상황 돌아가는 걸로 봐서 네 아빠는 엠마 졸업할 때까지 집 밖으로도 안 내보낼 것 같다.”

“그럼 엄마가 태워 주고 언니는 같이 타고 가기만이라도 하면 안 돼?”

새라는 기대를 품고 물었다.

“아니면, 우리 발표 준비로 인터뷰할 때 언니가 우릴 차로 데려다 주는 건? 누군가는 우리 데려다 줘야 하잖아. 엄마나 아빠는 시간이 없고. 우리 성적에 정말 도움 될 거란 말이야.”

아주머니는 잠시 곰곰이 생각했다.

“너희들 과제를 위해서 엠마가 차 태워 주는 건 네 아빠가 허락하실지 몰라. ‘하실지 몰라’라고 했다. 그리고 그 과제가 여성학 수업 과제라는 부분은 좀 스리슬쩍 넘어가는 게 좋겠어.”

“좋은 생각이야, 엄마.”

새라는 웃으며 말했고, 아주머니도 미소로 답했다.

“뭘, 그 정도 가지고.”

나는 새라와 아주머니에게 질투를 느끼지 않으려 애쓰며 가스레인지의 기름때를 더욱 박박 문질렀다. 물론 두 사람도 의견이 부딪힐 때나 좋지 않은 순간이 있고, 새라는 아주머니의 쓰레기 재활용이 충분하지 않다며 목청을 높이곤 하지만, 새라 모녀는 서로를 좋아한다. 어쩌면 그래야만 하는 것도 같다. 아저씨와 엠마 언니가 그러지 않는 것이 너무나 확연하니. 어느 가족이든 전체가 무너지지 않으려면 적어도 한 쌍의 편안한 부모 자식 관계는 있어야 하는지도 모른다.

새라가 다가와 내 팔을 꽉 쥐고 속삭였다.

"언니가 우리 태워 주는 거 엄마 아빠만 허락하면, 언니가 우리 도와주는 건 아주 확실해. 내 말 믿어."

나는 새라에게 미소를 짓고, 엠마 언니의 폭스바겐을 타고 시내를 돌아다닐 우리 모습을 상상했다. 엄청나게 튀겠는데, 하는 생각이 들자 난 그것이 신나는 일인지 지독히 두려운 일인지 알 수가 없었다.

12

로큰롤 다이어리:
방과후 특별 수업

버비나와 나는 도서관 친구를 맺은 지 일주일 반 만에, 실제로 도서관을 벗어나 식당으로 진입하는 모험을 상의하고 있다. 마치 온전한 목소리로 의논하기에는 너무 무서운 주제라는 듯이, 우린 속삭이고 있다. 버비나가 속삭인다.

"그게 우리가 바깥세상에 나설 수 있는 유일한 방법이야. 다른 애들이 다 있는 곳에 말이야. 이 학교에는 우리 같은 애들이 있을 거야. 우리랑 친구가 되고 싶어 할 애들. 우리가 살아 있다는 걸 알기만 하면."

"아님, 이미 본 걸 잊기만 하면."

나는 학기 첫날로 돌아가 모든 것을 다시 시작하고 싶은 심정으로 말했다. 그렇게만 된다면, 염소 녀석들의 배설물이 우리

바깥으로 나오는 일은 물론이고, 버스에까지 도달하거나 학교
민담의 주인공이 되는 일도 결코 없을 것이다.

우습게도 난 버비나와 친해져서 하루에 두 번(점심시간과 '미
국 여성 인물사' 시간) 만나게 되자, 아주 바쁜 아이라도 된 기분
이다. 2주 전에 비해 친구 증가율이 100퍼센트. 몬스터까지 포
함하면(난 그의 집에도 가 봤고, 그의 간식도 얻어먹었으니 포
함하련다.) 뭐, 거의 졸업 파티 퀸이 된 것 같다.

하지만 버비나의 말도 맞다. 점심시간엔 또래와 섞여 어울려
야 한다. 홀로 뜬 섬이라면 불가능하지만, 둘이라면 생각해 볼
만한 일이다.

알고 보니 버비나는 전학생이었다.

"나는 항상 전학생이야."

우리가 함께 보낸 두 번째 도서관 점심시간에, 신고 있는 고
고 부츠와 비슷한 파란색 인조 가죽 주머니에서 당근 봉지를 꺼
내며 버비나는 불평스레 말했다.

"우리 엄마가 2년마다 새로운 데로 발령을 받거든. 새로운 지
사에 가서 문제 해결하고, 경영진 재정비하고, 직원 휴게실에
좀 더 나은 상표의 도넛 갖다 놓게 하고 또 다른 지사로 가. 우리
도 또 이사 가고."

버비나는 당근 조각 하나를 내게 내밀었지만, 나는 고개를 저

었다. 사서 선생님은 나로선 알 수 없는 이유로 버비나의 행동엔 아무런 제재를 가하지 않았지만, 나는 펜을 찾으러 가방을 뒤지거나 안내 데스크로 휴지를 가지러 가는 소소한 행동만 해도 마치 내가 펜으로 도서관 책에 낙서를 휘갈기거나 휴지를 갈가리 찢어 사서 선생님의 책상 밑에 붙여 놓기라도 할 것처럼 눈을 가늘게 뜨고 주시했다.

"아빠는 무슨 일 하셔?"

나는 이렇게 물으며 버비나가 가능한 한 작게 당근을 베어 무는 모습을 흥미롭게 바라보았다. 그 속도대로라면, 이번 주말까지는 먹을 것 같다.

"우리 아빤 살인 미스터리 소설 써. 출판되는 건 아니고, 그냥 쓰는 거야."

버비나는 시큰둥한 기색으로 대답한다.

"출판하려는 시도는 하시고?"

"당연히 시도하시지. 소설이 별로니까 출판이 안 되는 거야. 우리 아빠는 피나 폭력 같은 거 잘 못 참아 하거든. 그래서 아빠가 쓰는 살인 사건은 다 지루해. 아빠 소설 속 탐정들은 전부 회계사야. 아빠가 옛날에 회계사였거든. 그런데 엄마가 돈을 엄청 많이 벌기 시작하면서, 그만두고 그냥 글만 써."

버비나는 생각에 잠긴 채 잠시 입속의 당근을 씹다가 말했다.

"아주 어렸을 때는 이사 자주 다니는 거 별 문제 아니었어. 어린애들은 금방금방 친구가 되니까. 그런데 해가 갈수록 점점 더 어려워져. 사실, 나 우리 엄마 아빠한테서 독립할까, 생각 중이야. 그래서 이사 안 다닐 수 있게. 잦은 이사가 내 친구 관계에 미치는 손해는 정말 감당이 안 돼."

팔뚝에 해골과 뼈 그림(오늘의 테마인 듯)을 매직으로 그려 두는 것 역시 활발한 교우 관계에 도움이 안 될 것 같다는 말을, 나는 하지 않기로 한다.

오늘 버비나의 문신들이 평소보다 조금 가라앉은 느낌이다. 문학적이고 싶은 기분인 듯, '아자, 간다!', '인생 구려!' '대단하다 대단해.', '넵!', '양아치들!' 같은 말들을 왼쪽 손목에서부터 팔꿈치 안쪽까지 한 줄로 써 두었다.

"인기 많은 애가 되고 싶다거나 그런 게 아니야. 그냥 항상 같이 지내는 친구들이 있었으면 좋겠어. 그런 무리에 속하고 싶었어, 늘."

버비나는 말을 멈추고 뒤로 기대어, 가늠하듯 나를 빤히 보았다.

"넌 왜 친한 애들이 없지? 네 옷 때문인가?"

나는 내가 입고 있는 옷을 내려다보았다. 둥글게 목이 파인 검은 티셔츠에 내가 직접 플란넬 천으로 빨간 카우보이 부츠 모양 아플리케를 해 넣은 빈티지 에이라인 치마. 아주 괜찮은 차림이다.

"내 옷이 뭐, 잘못된 점 있어?"

그러자 버비나는 가슴 위에 두 손을 얹고 진심 어린 표정으로 말했다.

"나는 정말 마음에 들어. 그런데 나는 옷 입는 데 창의적인 편이야. 다른 사람들이 그렇게 입은 것도 좋아하고. 그래도 다른 애들이 다 그런 건 아니잖아, 안 그래?"

맞는 말이다. 내 옷에 대한 부정적인 평가를 못 들어 본 것도 아니고. 하지만 대부분의 사람들은 내 옷차림을 멋지다고 생각하거나 별다른 인상을 받지 않거나, 둘 중 하나였다.

그리고 내게는 친구들이 있다는 사실도 떠올렸다. 그 아이들 대부분을 더는 만나지 못할 뿐이지.

"사실, 내가 중학교 때 친하던 애들이 고등학교 때문에 흩어져서 그래. 그중에 지금도 계속 만나는 애는 내 절친 새라뿐이야."

버비나는 '절친'이라는 표현에 조금 움찔했다. 그리고는 잠시 조용하다 말했다.

"넌 정말 좋겠다. 새로운 학교로 갈 때마다 좋은 애들은 이미 다른 누군가의 절친이 되어 있어."

나는 무슨 말을 해야 할지 몰라, 새라에 대해 이야기하기 시
작했다. 새라가 어떤 아이이고 어디에 관심이 있는지, 윤리적인
초콜릿 생산에 대해 얼마나 열정적인지 등등에 대해. 그렇게 몇
분쯤 이야기를 하다 보니 버비나가 얼굴을 찡그리고 있었고, 혹
시 (나를 제외하면) 친구가 하나도 없는 버비나에게 내 친구 이
야기를 한 것이 이유인가, 하는 생각이 들었다.

“내가 혹시 실수했어? 내 친구 이야기를 하는 건 좀 그런가?
너는 친구가 하나도, 아니, 하나밖에 없는데.”

버비나는 도시락 주머니에서 꺼낸 도시락 통에서 저칼로리
파르메산 치즈 빵을 꺼내 가만히 관찰하다가 한 입 베어 먹고는
대답했다.

“아니야, 그런 거. 그게 아니라, 새라란 애……. 들어보니 좀
그래서 말이야. 성취욕 과잉 같다고나 할까.”

“뭐, 어느 정도 그런 면이 있긴 해. 엄청 똑똑한 애야. 여러 가
지 일 하기 좋아하고.”

“너는 안 그렇지.”

어떤 이유에선가, 이 말에 나는 조금 기분이 나빴다. 나도 분
명 한때는 성취욕이 넘쳤던 아이다. 혹은 적어도 우등생에 속하
는, 전 과목 A를 받는 아이들 중 하나였다. 혹시 나한테, 더는 잠
재력을 충분히 발휘하지 않고 대충 사는 것처럼 보이는 면이 있

나? 나는 상한 우유 냄새가 나는 건 아닌지 킁킁, 냄새를 맡아 보았지만 파르메산 빵과 제본용 풀 냄새 말고는 아무 냄새도 나지 않았다. 나는 불만스럽게 말했다.

"넌 날 안 지 얼마 안 됐잖아. 잘 모르나 본데, 나도 숙제 끝내고 지하실에서 중대한 걸작을 집필한다거나 암 치료법을 개발한다거나 할 수 있다, 뭐."

그러자 버비나는 막대 모양 빵으로 날 가리키며 말했다.

"그래, 넌 그럴 수 있어. 하지만 안 그러지. 그렇지만 그 새라라는 애는 아마 암 치료제, 감기 치료제, 또……. 그래, 광견병 치료제까지 다 개발하고 있을 애야."

새라에 대한 다른 사람의 의견을, 그것도 온전히 내 얘기만 듣고 내린 판단을 들으니 기분이 이상했다. 의도치 않게 새라의 인상을 좋지 못하게 전달했다는 점도, 새라에 대한 버비나의 부정적인 의견을 즐기는 내 마음도 조금 미안했다. 사실, 새라는 성취욕 과잉이 맞다. 알은체도 하고, 내가 여덟 살 때 새라에게 툭 까놓고 말했듯 대장 하고 싶어 하는 성격이다.

그리고 정말 솔직해지자면 가끔은 나도 새라에게 짜증이 난다. 이를테면 지난 월요일, 몬스터와 있을 때처럼 말이다. 새라는 몬스터를 마치 제레미에 대해 가르치러 온 개인 교사처럼 대했다. 빨갛고 낡고, 깜짝 놀랄 정도로 녹슨 몬스터의 트럭을 타고 그의 집으로 가는 동안, 새라는 제레미의 모든 것에 관해 캐물었다.

"제레미 선배는 어떤 여자 좋아하는 것 같아? 지적인 여자? 운동 잘하는 여자? 예술가인 척하는 여자?"

새라는 마치 잡지 퀴즈를 읽는 듯했다.

"발랄한 여자? 조용한 여자? 자기 생각 잘 표현하는 여자?"

몬스터는 미소를 지으며 대답했다.

"난 걔가 여자 좋아한다고 생각해. 끝이야. 걔가 특별한 타입을 좋아한다고 느껴 본 적 없어."

"그래도 뭔가 바라는 게 있을 거 아니야. 이상형. 응?"

몬스터는 요란하게 웃었다.

"이상형? 그런 거 없어. 걸을 수 있고, 말할 수 있고, 가슴 있고. 뭐, 남자들 대부분은 그거면 돼."

"몬스터 선배는 그다지 로맨틱한 편은 아니지?"

이렇게 말하며 새라는 계기판 위에 놓인 고무 개구리들 가운데 작은 보라색 개구리 한 마리를 뽑아 그 다리로 손가락질하듯 몬스터를 가리켰다.

"남자들이 구체적으로 바라는 점이 없다는 거 믿을 수 없어."

"가슴. 눈에 잘 띄는 가슴."

"제레미 선배는 분명 똑똑한 여자애들 좋아할 거야. 음악 하는 사람들은 똑똑한 여자 좋아하잖아. 안 그래? 존 레논이랑 오노 요코 봐."

하고 말하며 새라는 밝아졌다.

"맞아, 음악인들이 지적인 여자 좀 좋아다니지. 엘비스도 퀴리 부인을 그렇게 사랑했다잖아."

몬스터가 놀리듯 맞장구쳤다.

그 이후로 대화는 끊겼다. 새라는 잡음밖에 나오지 않는 것 같은 라디오를 만지작거렸고, 나는 야생 동물 쇼라도 벌이듯 어지러운 계기판 위를 구경했다. 개구리들 옆에는 몇 마리의 조그만 소들이 풀로 고정시킨 듯 붙어 있고, 키가 10센티쯤 되어 보이는 공룡이 꽤 여러 마리 놓여 있다. 강렬한 보라색과 빨간색의 공룡, 또 줄무늬 브론토사우루스 한 마리가 우리가 대체 지금 뭘 하고 있는지 묻고 있다. 솔직히, 나는 새라가 제정신인지를 의심 중이다. 그러니까, 정말로 제레미가 자기를 좋아한다고 생각하는 걸까? 그것도 내면을 보고? 아니면 친절해서? 시사 상식이 풍부해서?

그도 아니면, 베이스를 쳐서?

즉흥 연주 밴드부에 들어가는 일은 생각할수록 말도 안 되는 것 같다. 애초에 우리가 그 계획에 가슴이 설렜던 건 이해가 된다. 밴드부란 사람의 마음을 사로잡기 쉬운 일이니까. 마치 꼬마 시절, 뒷마당에서 연극을 해야지, 축제를 해야지, 마음먹을 때와 같다. 깨어 있는 모든 시간 동안 그 일을 실현하겠다는 생각에 사로잡힌 채 48시간에서 72시간을 보내지만, 티브이 앞에 앉아 어느 오래된 시트콤을 보는 사이 갑자기 픽, 열정은 식고 큰 포부는 조용히 수명을 다한다.

나는 밴드부에 가입하려는 계획 역시 얼마 남지 않았으리라 예감하고 있었다.

월마트에서 1킬로미터쯤 지나, 몬스터는 어느 오래된 모텔처럼 보이는 L자 모양 2층짜리 건물 주차장에 트럭을 세웠다. 건물 앞에는 물 없는 수영장이 있고 그 안엔 햄버거 가게에서 나온 많은 쓰레기와 낡은 선탠 의자가 두 개 있었다.

드르렁거리던 엔진 소리가 멈추고 몬스터는 말했다.

"자, 다 왔습니다, 숙녀분들."

새라는 충격을 받은 듯 물었다.

"여기 살아? 진짜? 여기에? 선배 가족들이랑?"

몬스터는 문을 밀어서 열고(손잡이는 실제로 고장이었지만 강한 힘이라는 기술로 여는 듯했다.) 트럭에서 내린 후 다시 고개를 안으로 들이밀었다.

"아니, 가족들이랑은 절대 같이 안 살지. 내가 그분들 제정신 아니라고 말한 적 있는 것 같은데. 엄마하고 아빠는 그러셔. 할머니는 괜찮으시지만. 이번 여름에 내가 이사 나오는 거 어떻게 생각하시느냐고 물었는데, 다들 괜찮다고 하셨어. 내가 여길 찾았고, 아빠가 오셔서 계약하고 여기로 내 짐 옮기는 것도 도와주시고. 월세는 내가 내는데, 할머니가 대체로 공공요금 내는 데 쓰라고 20달러씩 슬쩍 주셔."

몬스터는 시계를 보았다.

"사실, 나 6시까지 일하러 가야 하거든. 그러니까 우리 얼른 얼른 시작하자."

몬스터의 뒤를 따라, 우리는 무너질 것 같은 계단을 올라 2층으로 갔다.

"이 건물이 원래는 모텔6이었어."

몬스터는 매직으로 쓴 227-28이라는 번호가 있는 문에 열쇠를 꽂으며 말했다.

"그런데 모텔6이 고속도로 옆으로 이전하면서 이 건물을 지금 집주인이 샀지."

몬스터는 문을 열고 정중하게 뒤로 물러서 우리에게 길을 내주었다.

"싱글남의 후끈한 방에 잘 오셨습니다. 아니, 뭐, 언젠가 그렇게 되도록 노력 중이라고."

욕실 하나로 연결된 호텔 방 두 개가 몬스터의 집이었다. 정리되지 않은 퀸 사이즈 침대와 서랍장, 테이프로 토끼 귀 모양 안테나를 붙여 둔 티브이밖에 없는 (아마도 227호인) 첫 번째 방과 개수대 옆에 깔아 둔 갈색 종이 타월 위에 머그잔과 시리얼 그릇을 말려 둔 욕실, 침대 대신 소파가 있고 소형 냉장고 위에 핫플레이트가 있는 228호 방을 몬스터는 휙휙 안내해 주었다.

"한 방은 자는 방이고, 한 방은 거실로 써."

몬스터는 소파 위에 널린 잡지들을 바닥으로 밀어 떨어뜨리며, 우리에게 앉으라고 손짓했다.

"두 공간을 나눠야지 합치면 안 돼. 방 두 개짜리라 집세가 더 들긴 하지만 더 들일 만해. 잠자는 방에서 밥도 먹는 건 못 참거든."

거실방은 음악에 관련된 물건들의 성지 같았다. 온갖 종류의 기타가 총 아홉 대, 트럼펫 한 대, 바이올린 한 대, 앰프 다섯 대가 있었다. 방바닥 빈 곳마다 구불구불 뱀 둥지처럼 모여 있는 전기선들은 말할 것도 없고. 소파 맞은편 벽에는 거대한 카세트 라디오가 세워져 있고, 시디 케이스들(적어도 200개 이상)이 다른 벽의 바닥 쪽에 줄지어 놓여 있었다.

몬스터는 세움대에서 빨간 베이스 기타를 집어 우리 앞에 들어 보였다.

"자, 너희가 베이스에 대해 알아야 할 부분은 이런 거야. 베이스는 리듬 악기야. 파트너인 드럼 세트와는 달리, 선율을 연주할 수 있는. 재즈나 펑크 외의 장르에서는 베이스 기타가 당연시여겨지고 가치를 제대로 인정받지 못하는 편이지만, 너희는 제대로 알아야 돼. 베이스 없이 로큰롤은 있을 수도 없어.”

몬스터는 베이스를 새라에게 건넸고, 새라는 엉거주춤하게 무릎 위에 받쳐 들었다.

“내가 기타 끈 찾아 줄게. 그 다음에 전원 꽂아서 네 연주 한 번 들어 보자.”

몬스터는 소파 옆에 있는 상자 속을 뒤져 형광 노랑으로 평화 표식이 둘러져 있는 두꺼운 검정 끈을 꺼냈다.

“이게 너한테 맞을 거야.”

몬스터는 새라에게로 몸을 숙여 베이스에다 그 끈을 달며 말했다.

“베이스 위치가 너무 낮아지지 않게 끈 길이 조절해야 돼. 한 번 일어서 봐. 내가 조절해 볼게.”

새라는 일어섰다. 한 손으로 베이스의 목을 단단히 움켜쥐고 다른 한 손으로는 베이스의 몸체를 꽉 붙들고 .

몬스터가 새라의 어깨에서 기타 끈을 한 번 튕겼다.

“긴장 풀어. 긴장한 상태면서 베이스를 칠 수는 없어. 서로 양립할 수가 없다고.”

"편하지가 않아. 그리고 무거워. 이걸 어떻게 5분 이상 매고 있으라는 거야?"

새라는 어깨끈을 당기며 불만스럽게 말했다.

"적응될 거야. 베이스 연주자 치곤 키가 좀 작긴 하네. 밴드 공연 가서 보면, 베이스 연주자는 대체로 키가 커. 여자도 그래. '에버모어'의 베이스 연주자 티나 워너메이커 알아? 굉장히 크거든."

새라는 소파 앞에 비참한 표정으로 서 있고, 베이스 기타는 새라의 무릎에 닿을 만큼 낮게 매달려 있다. 난 생각했다. 지금 이구나, 밴드부의 꿈이 죽는 순간이.

마치 내 마음을 읽은 것처럼 새라가 내게 말했다.

"아무래도 크로스컨트리를 시도해야 할까 봐."

"그래."

나는 맞장구쳤다. 크로스컨트리가 제레미의 마음을 얻어 주리라고 믿은 것은 아니지만, 그 꿈을 짓밟으면 우리의 절친 사이가 위태로울 것이기 때문에.

새라는 베이스를 벗어 몬스터에게 건넸다.

"난 안 될 것 같아. 어쨌든 고마웠어."

몬스터는 이해가 되지 않는다는 표정이었다.

"아직 코드도 안 꽂았잖아."

“너무 불편해서 안 되겠어. 그리고 선배 말이 맞아. 난 베이스 치기엔 너무 작은 것 같아.”

몬스터는 베이스를 받아 쥐었다. 그리고 날 보았다.

“너는 키 큰 편이잖아. 네가 한번 쳐 볼래?”

“난 베이스 연주에 대해서 아는 거 하나도 없어.”

말은 이렇게 하면서도 내 팔은 베이스를 향해 뻗고 있었다.

“시도는 해 볼게. 그런데 대단한 기대는 하지 말라고.”

그때 새라의 표정이 불편해 보였다.

“별로 좋은 생각 같지 않은데. 넌 피아노도 안 쳐 봤잖아.”

나는 어깨끈을 맸고 베이스 기타는 내 허리께에 왔다.

“그게 이거랑 무슨 상관이야?”

“상관은 없지. 그냥, 내가 보기에 네가 음악 할 체질은 아니라서.”

“너는 음악 할 체질이고?”

나는 얼굴이 뜨거워지는 것을 느꼈다. 새라는 그저 평소처럼, 요청 받진 않았지만 관심에서 우러나온 조언을 내놓는 것뿐이다. 하지만 그 새라다운 행동이 별안간 짜증스럽게 느껴졌다.

몬스터가 코드를 앰프에 연결해서 가지고 왔다.

“내가 대단한 베이스 연주자가 될지 또 알아? 맨빌 고등학교의 티나 워너메이커가 될지.”

나는 말했다.

몬스터가 앰프에 연결된 코드의 다른 끝을 베이스에 꽂으며 지적했다.

"사실, 티나 워너메이커는 원래부터 맨빌 고등학교의 티나 워너메이커야. 졸업반. 에버모어는 지역 밴드거든. 지역 인디 씬에는 관심 없어?"

그러자 새라가 대답했다.

"우린 사실 음악 그렇게까지 좋아하지 않아. 잠시 발 한번 담가 본 것뿐이야."

몬스터가 (입 모양으로 보아 분명 곱지 못한 말로) 받아치기 전에, 나는 베이스를 한 줄 뜯었다. (곧 E 스트링이라는 것을 알게 되는) 맨 아랫줄이었고 그 떨림이 내 팔을 끝까지 타고 올라왔다.

소리가, 그리고 느낌이, 믿을 수 없을 만큼 좋았다.

몬스터는 새라에게서 돌아섰다.

"좋은데. 그럼 이번엔 검지를 둘째 줄, 첫 프렛에 놓고 쳐 봐."

나는 들은 대로 했다.

더 좋았다.

그리고 갑자기 나는, 커진 느낌이 들었다. 키가 커진 것도 몸무게가 무거워진 것도 아니고, 물리적으로 커진 것이 아니다.

내 안이 커진 느낌이었다. 마치 갑자기, 아, 어떻게 표현할까? 마치 내 삶에 5초 전까지 알지 못했던 가능성들이 생겨난 것처럼 느껴졌다.

몬스터의 베이스를 들고 두 음을 친 것만으로 말이다.

* * *

도서관 책상에서 버비나와 마주 앉은 지금, 팔을 오르락내리락 하던 음의 떨림이 아직 생생하다. 몬스터가 내게 '레이먼즈'의 쉬운 곡을 가르쳐 주는 동안 새라가 지었던 지루한 표정 역시.

내 운은 왜 이 정도밖에 되지 않을까? 마침내 정말로 내가 해 보고 싶은 일을 찾았는데, 새라는 그 일에 더없이 냉담하다. 몬스터의 방 한가운데 서서 나는 비명을 질러야 할지 울어야 할지 알 수 없었다. 내가 새라의 새로운 계획에 함께 뛰어들었던 것이 몇 번인데. 내가 새라를 도와 탄원서에 사인을 받고 포스터를 붙인 것이 몇 번인데.

그런데도 내가 정말 원하는 것이 밴드부란 것을 알게 된 순간, 새라는 밴드부를 내팽개친다고?

"새라는 좋은 애야. 그러니까, 우린 초등학교 1학년 때부터 단짝이었어. 되게 멋진 애야. 그냥…… 음, 자기 마음을 아는 애야. 자기 의견이 있는 아이. 걔는——"

나는 말을 멈췄다. 새라가 좋은 아이라고 버비나를 설득하려
는 건지, 나 자신을 설득하려는 건지 문득 알 수가 없었기 때문
이다.

13

미래의 충격

오후에 스쿨버스를 타고 농장 세계로 돌아오며, 나도 친구가 있고 할 일이 있는 거의 정상적인 삶을 누릴 날이 멀지 않다는 생각이 들었다. 수업이 모두 끝난 후 스쿨버스에 탔을 때, 날 가리키며 '스컹크녀다!'라고 외치는 아이가 아무도 없었다. 잠시 그런 외침을 기다리며 두리번거렸고, 결국 기사 아저씨는 자신이 자리를 지정해 주기 전에 어서 앉으라고 내게 말했다. 난 그렇게 했다.

그전부터 흥미로운 하루의 조짐이 보이긴 했다. 이를테면 미술 시간엔 드디어 창백한 소녀 메그가 내게 말을 걸어왔다. 내 책상에 돌멩이 하나를 올려놓은 다음 말을 했다는 것이 정확하겠다.

"이거 도움 될 지도 몰라. 돌은 기본적인 소재기도 하고 아름답기도 하잖아. 늘 보는 대상이면서 예술이기도 하고."

정말로 돌멩이 치고는 아주 예뻤다. 그리고 솔직히 말해, 나는 까다롭게 가릴 입장이 아니기도 했다. 나에게 콜라주는 아직 막막하기만 했다. 노력은 하고 있었다. 연필과 껌 종이와 내 가방 바닥에서 발견한 다 쓴 립스틱 통 따위를 붙여 보면서 캔버스 세 장을 망쳤다. 내가 캔버스에 붙인 것들은 마치 왜 제집인 쓰레기통이 아닌 여기에 붙어 있는지 모르겠다고 생각하듯, 그저 붙어 있을 뿐이었다. 나는 차마 봉투 속 새라의 단어들과 할런 할아버지 할머니의 그림을 꺼내지 못했다. 그것들을 망쳐 버리고 싶지 않았다.

책상 위에 새 캔버스를 놓고, 가운데에 그 돌멩이를 놓아 보았다. 7학년 지구과학 시간에 배운 내용을 맞게 기억한다면, 그 돌멩이는 석영이었다. 분홍색 줄무늬가 있는 흰색 돌. 한쪽 면은 모서리와 뾰족한 부분들이 깎여나간 것처럼 완벽히 매끈했다. 그 돌이 여성적으로도, 남성적으로도 보인다는 점이 마음에 들었다.

나는 구석 자리의 메그에게로 갔다.

"돌 고마워. 그런데 사실, 난 그걸로 뭘 어떻게 할지는 모르겠어."

"그 돌이 마음에 들면, 일단 그냥 갖고 있어 봐. 그러다 보면 주위에서 그 돌을 떠올리게 만드는 물건이 보일 수도 있어. 아님 직감적으로 이끌리는 것들이나."

메그가 작업 중인 콜라주를 보았다. 커다란 캔버스 위에 여러 병뚜껑들(거버 이유식 뚜껑과, 듀크 마요네즈 뚜껑, 그리고 적어도 다섯 개 이상의 펩시 뚜껑 등)이 붙어 있고, 각각의 병뚜껑 주위에 주황색과 빨간색 원들이 여러 겹으로 그려져 있는 메그의 콜라주는, 말 그대로 박진감 넘쳤다.

"대단하다. 나도 이런 걸 생각할 수 있었으면 좋겠어."

"너도 생각날 거야. 그냥 긴장을 좀 풀면 돼."

그래서 남은 시간 동안 나는, 체스터와 리넷이 엄지 레슬링에 한창인 어려운 환경 속에서 긴장을 풀어 보려 노력했지만, 아무 것도 떠오르지 않았다. 그 돌멩이는 예뻤지만 그 옆에 돌 몇 개 더 붙이는 것 말고 할 수 있는 일이 생각나지 않았다. 이 미술 과제를 과학 과제로 바꿔 버리기? 구멍을 뚫어서 목걸이로 만들기?

그런데 '미국 여성 인물사' 수업을 들으러 가는 길에, 여자 화장실 밖, 미지근한 물을 뺄고 항상 껌으로 막혀 있어 아무도 쓰지 않는 분수식 음수대 밑에서, 음료수를 장식할 때 쓰는 조그만 종이 파라솔을 발견했다. 작은 보라색 꽃들이 그려진 분홍 파라

솔이었다. 메그의 돌멩이를 주머니에서 꺼내 파라솔과 나란히 들어 보았다.

하늘에서 맺어 준 짝이었다. 애쉬던 선생님이 로버트 라우션버그의 콜라주라는 무모한 것을 소개한 이후 처음으로, 나도 어쩌면 할 수 있겠다는 생각이 들었다.

그리고 마지막 수업 종이 울린 후, 몬스터에게서 막 건네받은 시디에 대한 설명을 들으며("쉬운 거 많이 넣었어. 쉬운 '스트록스' 노래 몇 곡, '레이지 어게인스트 머신' 노래 몇 곡, '폴리스' 초기 노래 몇 곡. 그냥 듣고, 들리는 대로 따라 치는 연습을 해 봐.") 함께 버스 정류장으로 걸어가는 동안, 또 한 번 잠깐, 평범한 아이의 삶을 미리 맛보았다. 우리 곁을 지나가는 아이들 중 두 명 중 한 명은 말을 걸어오는 것 같았다. "요, 몬스터 맨.", "어이, 잘 지냈어?", 심지어 "안녕, 몬스터. 안녕, 몬스터랑 같이 걷는 아가씨." 이 애들이 누군지, 그 많은 문신에 대해 부모님 허락은 어떻게 받았는지 전혀 알 수 없었지만 속해 있는 것 같은 느낌에, 따뜻하고 포근했다.

하지만 새라가 함께 걷고 있지 않다는 사실도 나는 떨쳐 버릴 수 없었다. 오늘의 제레미 타임이 끝나고(오늘은 어색했다. 새라는 제레미에게 늘 하던 말을 건네면서도 자신의 말을 마음에 들어 하지 않는 것 같았다.) 새라는 언제나처럼 오늘의 만남을

분석하려 했지만, 미처 시작하기도 전에 우리 뒤에서 나타난 몬스터는 빌려 준 베이스로 연습을 잘하고 있냐고 내게 묻고 나를 위해 만들어 온 믹스 시디를 내밀었다. 그리고 깨닫지도 못한 사이에, 새라는 사라지고 나와 몬스터 둘뿐이었다.

몬스터와 복도를 함께 걸으며, 나는 그를 자꾸 곁눈질하며 왜 어떤 사람들은 더없이 자신다울 뿐인데도 모두에게 받아들여지고, 어떤 사람들은 어울리려고 온갖 노력을 해도 마치 짐승의 약한 새끼들처럼 소외당하는 것일까, 하는 생각이 들었다. 몬스터의 옆에서 걸으며, 난 그저 그의 마력이 내게도 전염되기를 바랄 수밖에 없었다.

"그래, 맞아. 학교 다니기가 확실히 나아졌어."

간식을 먹은 후 농장 세계의 복장으로 갈아입은 나는 로레타 린의 물을 갈아 주며 이야기를 한다.

"아마도 다들 염소 똥 사건에 대해서는 완전히 잊어버린 것 같아."

로레타 린이 상처 받은 눈길을 보냈다.

"네 똥이 어떻다는 게 아니야. 냄새 전혀 지독하지 않아, 정말로. 그냥 사람들이 좀……. 똥에 대해서 웃기게 구는 거야."

내가 알아. 말도 마.

10분 후, 내 상황이 점점 나아지고 있다는 느낌이 한 번 더 증

명되었다. 식탁에서 엄마의 맥북으로 내 페이스북 페이지를 확인하다 엠마 언니에게서 처음 온 것이 분명한 쪽지를 확인했으니 말이다.

몬스터랑 너랑 뭔가 있다면서? 하고, 쪽지는 인사 없이 시작했다. 네가 그렇게 뭘 아는 아이일 줄이야. 아무튼, 토요일이야. 점심 먹은 후에 할런 프리처드 선생님께 안내해 줄 수 있는지 알려 줘. 난 해야 할 질문들이 있어. 대답을 들어야 해.

나와 몬스터에 대해 도대체 누가 무슨 말을 한 걸까? 새라가? 하지만 새라는 우리가 그런 사이가 아니라는 것을 안다. 그러니까 분명 다른 누군가다.

나는 의자에 앉은 채, 나에 관한 소문이 학교에 떠도는지도 모른다는 생각을 기분 좋게 음미했다. 물론 사실과 다른 소문이지만 어쨌든 소문이고, 날 좀 멋져 보이게 만드는 소문이다. 나는 새라에게 전화를 하려고 아침 신문 위에 놓인 전화기로 손을 뻗었다. 새라와 함께 이 일의 진상 규명을 의논하기 위해. 하지만 더욱 중요하게는 제이니 고먼의 이 짧은, 조그마한 영광의 순간을 함께 기뻐하기 위해서. 학교에 내 이름으로 거짓 소문이 돌고 있다니!

달콤한 일이 아닌가.

그런데 전화기를 집으려는 내 손을 멈춘 건 무엇이었을까?

오늘 오후 몬스터가 나타나자 새라가 사라졌던 것? 나와 몬스터에 대해 아이들이 쑥덕거린다는 말을 새라가 비웃을지도 모른다는 것? 어느 정도는. 하지만 그것보다…….

새라가 내게 조금 화가 나 있고, 나도 새라에게 조금 화가 나 있는 것 같다는 생각이 들어서인 것 같다. 다만 둘 중 누구도 구체적인 진짜 이유로 화가 난 것이 아니다. 나는 목격한 적이 있다. 특별한 이유 없이 멀어지는 아이들을. 혹은, 한 명은 밴드에 들어가고 다른 한 명은 연극 동아리에 들어가, 더는 서로의 길이 겹치지 않아 멀어지는 친구들을 말이다.

나와 새라에게는 그런 일이 일어나지 않을 것이다. 일어날까?

아니, 일어나지 않는다. 최소한 우리는 함께해야 할 커다란 일이 있다. 큰 발표 과제는 우리를 아무 문제없이 다시 묶어 줄 것이다.

그렇다고 우리가 멀어졌다는 건 아니다. 우리는 아니다.

그래서 나는 새라의 번호를 누르는 대신 파인매너 요양원에 전화를 걸어 할런 할아버지를 부탁했다.

내가 과제에 대해 이야기하자 할런 할아버지는 쉿소리 섞인 목소리로 말했다.

"날 찾아와서 내 아내에 대한 이야기를 듣고 싶다고? '자유학교'에 대해서?"

"'자유학교' 요?"

'자유학교'란 말을 그 전까지 들어 본 적이 없었지만 '자유'와 '학교'라는 두 단어가 합쳐진 그 말에, 가벼운 흥분이 척추를 타고 흘렀다. '자유학교'가 무엇이든 간에, 맨빌 고등학교의 상황보다는 분명 훨씬 나을 것 같았다.

"그렇게 불렀지. 공식적으로는 공민학교라는 이름이었지만 사람들은 '자유학교'라고 불렀어. 헤이즐이 셉티마 브라운 여사와 같이 1961년에 그 학교를 세웠어. 셉티마 여사는 헤이즐하고 같이 사람들을 가르쳤던 분이야. 방문하고 싶다면, 아직도 맨빌에 살고 계셔. 다음 토요일에 우리 다 같이 그리로 가는 건 어떨까? 여사를 만난 지도 오래됐거든."

나와 새라, 할런 할아버지, 그리고 엠마 언니가 엠마 언니의 하늘색 폭스바겐 비틀을 타고 시내로 달린다?

어떻게 싫을 수가 있겠나?

"자, 그럼 너희 아버지는 어떻게 지내는지 듣고 싶구나."

할아버지가 수다를 떨 준비를 하며 의자에서 편안하게 긴장을 푸는 소리가 귀에 들리는 듯 했고, 우린 45분 동안 수다를 떨었다. 마침내 전화를 끊었을 때, 나는 이상하게도 상쾌해진 느낌이었다. 꼭 청량한 가을 오후에 숲 속을 산책하고 막 돌아온 것처럼. 나는 내 인생에 대해 완벽히 만족스러운 기분을 느끼며 5분 동안 그대로 식탁에 앉아 있었다.

그리고 마치 허리케인처럼 맹렬히, 거센 바람을 일으키며 부엌으로 돌진해 들어온 엄마가 이렇게 선언했다.

"달력에 적어 놔! 우리 후트내니 할 거야!"

후트내니가 무엇인지 전혀 알 수 없었음에도 나는 이미, 그것이 모든 걸 망치리라는 것을 느낄 수 있었다.

14

엄마ㄱㄴ 또……

밤 9시, 엄마는 3주 후에 작은 우리 농장에서 거대한 야외 파티를 열 테고 모든 블로그 독자들을 초대한다는 소식을 블로그로 온 세상에 알렸다.

밤 10시, 엄마의 블로그를 읽은 엄마의 옛 맨빌 신문사 편집인 모라 기브스가 엄마에게 즉석 메시지를 보내, 개최 일주일 전에 실을 그 파티 특집 기사를 써 달라고 했다.

밤 10시 15분, 엄마는 엄청나게 즐거운 시간을 보내게 될 것이라며 내 친구들을 모두 초대하라고 했다.

밤 10시 16분, 나는 후트내니 당일 뉴질랜드에 가 있을 계획이고, 아니면 새라네 집에서 자고 오기라도 하겠다고 엄마에게 알렸다.

밤 10시 18분, 엄마는 아빠에게 모든 일에 열정적이던 예전의 제이니가 어디로 갔는지 모르겠다고 불평하고 있다.

밤 10시 18분 32초, 나는 왜 엄마가 자꾸 딸의 인생을 망치려 하는지 모르겠다고 중얼거리며 쿵쿵 내 방으로 올라왔다.

상상을 좀 해 보라. 당신의 엄마가 집 뒷마당에서 핫도그를 먹고 포크송을 부르자며 이 지역 모든 사람들을 초대했다고. 거기에 낡은 기타와 징징거리는 바이올린, 구슬픈 만돌린, 끼루룩거리는 하모니카를 더해 보라! 멜빵바지 작업복과 손수건 두른 개들과 친환경 이동식 화장실을! 집에서 만든 빵과 렌즈콩 스튜와 맥아 브라우니를! 농장에서 아~주 흥겨운 시간을 보낼 것이란다.

솔직히 너무 지나치지 않나?

나는 잠시 그렇게 마음을 졸이다 침대에 앉아 몬스터가 빌려준 베이스를 몇 줄 뜯었다. 그러다 날 짜증 나게 하는 것은 이 지역 자연식품족들이 모인다는 부분이 아니라, 신문에 난다는 부분임을 깨달았다. 날 괴롭히는 건 '별난 농장집 딸'이라는 꼬리표다. 물론, 그런 꼬리표에 신경 쓰지 않을 아이들도 많다. 매일 아침 학교 계단에서 해키 색[14]을 찬 모습으로 놀고 건강식을 하는 아이들, 타이어로 만든 샌들을 신고 매일 아침 깃대 옆 자작나무 아래서 온난화를 논하는 친환경주의 아이들, 그리고 채식

주의자 아이들. 그 아이들이 잘못됐다는 건 아니다. 여긴 자유 국가고 다 좋다. 하지만 중요한 건 내가 지난 두 달 반 동안 '농장 소녀'라는 꼬리표와 최대한 멀어지려고 고군분투했다는 것 이다.

아는 아이들 중 신문을 읽는 아이는 없다는 것을 떠올렸다. 인터넷 신문조차 읽지 않는다. 우리 부모님을 제외하고는 어른 들도 읽지 않는다. 맨빌 신문의 발행 부수는 5,000부를 넘지 못 할 것이다. 또 20명 정도의 인맥을 제외하곤 사실 내 이름을 아 는 사람도 없다는 걸 떠올렸다. 나는 이 일을 너무 확대 해석하 고 있는 것이다.

다만 바라는 게 있다면, 앞으로는 내 인생을 흔들어 놓을 엄 마의 또 다른 계획이 발표되기 전에 15분만 나 자신을 추스를 시간이 주어졌으면 좋겠다. 처음에는 집에서 옷을 만든다고 해 날 떨게 하더니, 이제는 수많은 사람들과 함께 노래를 부르고 노 는 옛날식 히피 축제라니. 다음번에는 어쩌면 인쇄기에 거금을 투자해 맨빌 모든 가정에서 친환경 화장실 사용 의무화를 촉구 하는 전단을 뿌리자고 할지도 모른다.

우리 엄마 블로그라는 거 아무도 몰라. 나는 마음을 안정시키 는 깊은 숨을 쉬며 스스로에게 말했다. 아무도 절대로 몰라.

"오늘 아침에 너희 엄마가 새로 올린 글 읽었다."

수요일 점심시간, 도서관에 들어선 내게 말하는 사서 선생님이었다.

"정말 흥미로운 분이셔, 너희 어머니. 그 블로그 읽고 난 닭도 한 마리 샀잖아. 슬프게도 쥐가 잡아먹어 버렸지만. 그래도 언젠가 또 한 마리 살 거야."

"쥐가 닭을 잡아먹었다고요?"

"좀 작은 닭이긴 했어. 그리고 뱀이 그 쥐를 잡아먹었고. 기뻐해야 할지 생명에 위협을 느껴야 할지 알 수가 없더라. 블로그에 닭이 쥐를 끌어들인다는 얘긴 전혀 없었는데. 쥐가 뱀을 끌어들인다는 얘기도."

"닭 모이를 집 안에다 둬야 돼요. 개 사료도 안에 두잖아요."

사서 선생님의 눈이 커졌다.

"아, 그런가? 그건 그렇고, 나 참석한다는 거 너희 엄마한테 격식 차려서 알려야 하는 거야? 아니면 블로그에 댓글로 남길까?"

"오실 거예요?"

나는 복사기 위로 휘청 쓰러지려는 몸을 지탱했다.

"나는 12줄 기타를 근사하게 연주할 거야."

그러고는 사서 선생님은 내게 윙크를 하고 엄지손가락을 내밀었다. 그 어느 때보다 길었던 우리들의 대화는 전에 없이 다정했고, 전에 없이 충격적이었다.

솔직히 말해, 나는 속으로 미쳐 가고 있었다.

하지만 그렇단 말을 하진 않았다.

"잘됐네요. 파티에 오신단 얘기는 블로그에 댓글로 남기시면 될 것 같아요."

"너 파티 열어? 언제? 나도 가도 돼? 나 뭐 입고 가면 돼? 코스튬? 무도회 드레스? 턱시도?"

버비나가 다가오며 물었다.

"내가 아니라 우리 엄마가 여는 거야."

나는 우리 지정석으로 가며 분명히 밝혔다.

"그리고 온 세상이 다 초대 받았고, 무슨 옷을 입고 가느냐는 아무 상관없어. 같이 노래 부르기만 한다면."

버비나에게 후트내니가 무엇이고 왜 우리 엄마가 그렇게 열정적으로 후트내니를 열려고 하는지 설명하는 데 거의 온 점심 시간이 걸렸다.

"구닥다리 행사 같은 거야. 60년대에 했던 거."

"1960년대?"

버비나는 혼란스러운 표정이었다.

나는 답답해하며 대답했다.

"아니, 1560년대. 크리스토퍼 콜럼버스 의상으로 최대한 멋지게 꾸미고 와."

버비나는 몸을 숙이더니 내 손에 검은 매직으로 찡그린 얼굴을 그렸다.

"비꼬지 마. 난 한 번도 들어본 적이 없어서 그래, 후트재미라는——"

"후트내니라니까."

나는 한숨을 쉬었다.

"그래, 후트내니. 그게 뭔지 파악하려고 나 지금 노력 중이잖아. 사람들이 너희 집으로 와서 노래를 부른다고? 다 같이?"

"마치 모두가 행복한 대가족인 것처럼. 기타 치면서. 운이 좋으면 우쿨렐레도."

버비나는 어깨를 으쓱했다.

"재미있을 것 같네, 뭐. 그리고 너희 엄마 좀 멋진 것 같은데. 독창적이시잖아. 우리 엄마는 집에 사람 초대 같은 거 안 해. 일 끝나고 집에 들어오면 바로 소파에 푹 쓰러져서, '나 배고파 죽겠으니까 누가 나가서 포장 음식 좀 사 와.' 외쳐. 그래서 내가 이렇게 뚱뚱한 거야. 포장해 온 중국 음식이랑 피자 때문에."

"너 안 뚱뚱해. 정말이야. 그리고 마른 몸매는 너무 과대평가 됐어."

"꼭 키 크고 마른 애들이 그런 말 하더라. 넌 작고 살찐 게 얼마나 힘든지 상상도 못할 거야. 난 초콜릿 한 조각 먹어도 2킬로가 쪄. 그런데 후, 후타, 암튼 거기서 너희 엄마 무슨 음식 준비하시는데?"

자, 이 부분은 엄마의 계획 중 나를 짜증나게 하지 않는 유일한 부분이다.

"출장 요리를 부를 거야. 앨런앤선즈의 바비큐랑 허시퍼피15, 콜슬로. 과일 주스도."

버비나는 눈을 감고 꿈꾸는 듯한 표정을 지었다.

"으음, 나 허시퍼피 정말 좋아해. 특히 막 튀겨 나왔을 때."

"내 친구가 앨런앤선즈에서 일해. 가면 허시퍼피 너 먹고 싶은 만큼 먹을 수 있을 거야."

앨런앤선즈는 몬스터가 돼지고기 훈제와 허시퍼피 담당으로 일하는 곳이다.

"한번 들러. 내가 바비큐 대접할 테니까."

몬스터는 월요일에 나를 집 앞에 내려 주면서 말했다. 책상 맞은편의 버비나를 보며, 나는 갑자기 커플인 두 사람이 그려졌다. 몬스터는 덩치도 크고 키도 크고, 버비나는 키가 작고 풍만하다. 버비나는 몬스터의 큰 체격을 개의치 않을 것 같고, 몬스터가 버비나의 풍만함을 싫어하지 않으리란 것은 내가 안다. 그리고 둘 다…… 특이하다.

"너 나랑 밴드부 연습하는 데 가 볼래? 친구가 와서 응원해 주면 힘 나잖아."

그 둘을 서로 소개해, 뭔가가 오가는지 보면 좋겠다고 생각하며 나는 말했다.

버비나는 커피맛 무설탕 사탕을 입속에 넣으며 대답했다.

"그러지 뭐. 막 시끄럽고 그렇지 않겠지? 난 너무 시끄러운 음악 들으면 두통 오거든."

앗. 어쩌면 몬스터와 버비나는 하늘에서 맺어 준 짝이 아닌지도 모르겠다. 그래도 알 수 없는 법.

밴드부 즉흥 연주는 금요일 오후 마지막 종이 울린 직후인 3시 25분에 시작되고, 나는 가겠다고 몬스터에게 약속했다. 밴드부의 유일한 여자 베이스 연주자가 되는 것이 '역사상 가장 평범한 고등학교 학생'이라는 목표 실현에 도움이 될지는 알 수 없지만, 적어도 나의 멋짐 지수를 150퍼센트는 올려 줄 것이다.

금요일 아침, 나는 연주실에 베이스를 갖다 놓았다. 솔직히 베이스 케이스를 들고 학교로 걸어 들어가던 순간은 내 인생 가장 멋진 순간 중 하나였다. 베이스를 들고 버스에서 내리며 사람을 치지 않으려고 진땀을 뺐던 순간은 가장 멋지지 못한 순간 중 하나였지만, 굴욕의 기억은 스토너빌을 지나가며 완전히 사라졌다. 스토너빌은 버스 정류장 맞은편의 학교 건물 외부 공간으로, 학교의 모든 대마초족들과 대마초족이 되고 싶은 아이들이 모여 앉아 옛날의 고등학교 대마초족들처럼 담배를 피울 수 있었으면 좋겠다고 한탄하며 시간을 보내는 곳이다.

"우와, 쟤 피비 들고 있다."

마른 몸에 눈꺼풀을 반쯤 뜬, 레게 머리를 한 남자애가 큰 소리로 이렇게 말했고, 뒤이어 적어도 세 명이 "죽이는데."라고 말하는 것이 들렸다. 나는 사실 내 베이스 기타 케이스 윗부분에 쓰여 있는 '피비'라는 글자를 내려다보기 전까지는 뭘 말하는 건지도 몰랐다.

"너 정말 같이 안 갈 거야?"

'미국 여성 인물사' 수업에서 나는 새라에게 물었다. 내 마음이 오기를 바라는지 아닌지는 알 수 없지만. 그래, 솔직히 나는 새라가 오길 바라지 않는다. 내가 몬스터의 집에서 베이스를 칠 때 지었던 새라의 따분한 표정을 생각하면, 오늘 오후에 새라가 날 보러 온들 조금도 재미있을 것 같지 않다. 게다가 버비나도 거기 있을 테니, 버비나가 무슨 말을 할지도 알 수가 없다. 와, 네가 새라구나. 제이니한테 들어보니, 너 짜증 제대로더라, 같은 말에 이어.

"아니, 난 친환경 식품점에 시식하러 갈 거야."

새라는 가방에 책들을 넣으며 말했다.

"거기 매니저가 내가 좋아할 만한 공정무역 초콜릿 제품들이 새로 들어왔다고 했거든. 가 봐야지. 지난번에 들여 온 칠레산 초콜릿은 아주 별로였어."

나는 안도한 기색을 들키지 않으려 애쓰며 말했다.

"좋은 소식이네. 네가 제레미 선배 연주 놓치는 건 아쉽지만."

"아, 제레미 선배 연주는 내일 밤에 보러 갈 거야. 내가 말 안 했나?"

나는 펜을 떨어뜨렸다. 언제부터 새라가 나를 빼고 토요일 밤 계획을 세웠나?

"어, 아니, 말 안 했어. 전혀. 어디서 연주하는데?"

새라는 가방 지퍼를 올리며 태연하게 말했다.

"시즈. 카밀 몰 근처에 있는 식당."

나는 화난 목소리로 대답했다.

"시즈 어디 있는지 나도 알아. 우리 엄마가 제일 좋아하는 곳이잖아, 기억 안 나?"

"옛날에 그랬었지. 그런 곳에 등 돌리시기 전에."

시즈는 우리가 농장에서 살기 전 무척 자주 가던 복고풍의 작은 식당이다. 에이버리는 팬케이크를 좋아하고 시즈는 하루 종일 팬케이크를 팔고, 그 시절 엄마는 아무리 해도 팬케이크를 만들 수 없었기 때문에, 시즈는 에이버리를 데려가기에 완벽한 식당이었다. 우린 적어도 일주일에 한 번은 그곳에 갔다.

"엄마는 이제 식당은 전부 안 가는 거지, 시즈만 안 가는 게 아니야. 식당들은 대체로 환경적으로 옳지 않아. 예를 들면, 시즈에서는 부탁을 안 해도 물을 갖다 주고, 우리 지역에서 키운 것이 아닌 식재료들을 많이 써."

"그렇게 끔찍할 수가!"

새라는 놀란 척 과장했다.

"뭐, 너도 우리 엄마 알잖아. 아무튼, 제레미 선배가 시즈에서 연주를 한다고?"

"토요일 밤 '오픈마이크'16에서."

새라는 종이 치는 소리에 자리에서 일어났다.

"언니가 알려 준 거야. 언니는 나를 차로 데려다 주는 일로는 집 밖으로 나갈 수 있게 돼서, 내가 오픈마이크에 가야 하는 걸로 해 달랬어. 언니 남자 친구의 친구들이 거기서 옛날식 밴드랑 같이 바이올린 연주해."

우리는 함께 교실 문을 걸어 나왔고, 제레미의 사물함으로 직행하는 대신 나는 연주실을 향해 왼쪽으로, 새라는 체육관으로 향했다. 나는 새라의 등 뒤에 대고 외쳤다.

"내일 오후에 보자. 할런 할아버지 뵈러 가는 거 알지?"

“그때 봐!”

새라는 뒤돌아보지 않은 채 손을 흔들며 쾌활하게 대답했다.

몬스터가 내 옆에 나타났을 때 나는 심각하게 우울해지려는 중이었다.

“합주 준비됐어? 연습했냐?”

나는 고개를 끄덕였다.

“하루에 한 시간씩 나흘 연달아서 했어. 내 실력 죽여줘.”

몬스터는 미소를 지으며 말했다.

“그래, 믿어. 넌 분명 로큰롤 머신이 돼 있을 거야.”

나는 재치 있는 대꾸를 찾아 머릿속을 뒤졌지만, 울렁거리는 마음 때문에 집중할 수가 없었다. 5분 후면, 나는 몬스터와 버비나를 제외하고는 모르는 아이들이 가득한 공간에서 베이스 기타 줄을 뜯을 것이다. 이게 누구 생각이었지? 내 생각? 어떻게 이게 내 생각이었을 수가 있지? 나는 베이스 연주자가 아닌데. 나는 로큰롤 머신이 아닌데. 아마 연주될 곡들 중 내가 아는 곡도 없을 것이다. 난 왜 몬스터에게 오늘 무슨 곡들을 연주할 건지 물어보지 않았을까?

내 긴장한 마음이 드러나 보인 모양이다. 몬스터는 내 등을 두드리며 이렇게 말했다.

“떨 거 없어. 우울한 아웃사이더들만 득실거릴 거야. 그리고 다들 너한테 자기 실력 자랑하기 바빠서 네가 음을 다 치는지 아닌지도 모를 거고.”

“나한테 실력을 자랑하려고?”

몬스터는 미소를 지었다.

“당연하지. 뭘 물어? 에이, 베이스를 든 매력 있는 여자앤데 당근 인기 폭발이지. 그건 인정해라.”

그때, 내가 ‘커다란 느낌’이라 이름 붙인 그 느낌이 또 밀려왔다. 그것이 무슨 의미인지, 어디에서 온 것인지는 모른다.

아는 것은 바로 지금 이 순간, 내가 그것을 느끼고 있다는 것이다.

내가 베이스를 든 매력 있는 여자애란다.

내가 견딜 수 있는 꼬리표다.

15

제레미 피시에 대한
불편한 진실

제레미가 날 보고 반가워한다.

나는 평생 이런 순간을 기다려 왔다.

어떤 순간을 말하는 건지 알 것이다. 어딘가로 입장하면 어느 멋진 남자애가, 와 주어 정말 정말 기쁘다는 듯한 미소를 짓는 순간 말이다. 심지어 남자애들에게 별 관심이 없던 초등학교 4학년 때에도 나는 꿈꿨다. 내가 어딘가로, 물론 나풀나풀하고 풍성한 분홍 드레스 차림에 반짝이는 왕관을 쓰고 걸어 들어가면 고개들이 일제히 나를 향하고, 날 환영하는 반응이 곳곳에서 터져 나오는 순간을 말이다.

"드디어 연주실에 나타났네. 이날이 절대 안 올 줄 알았는데."

연주실 뒤쪽에 둔 베이스를 가지러 가는 내게 제레미가 다가와 말했다.

"응, 뭐……"

또다시 내 입에서 말이 쏙 들어갔다.

"네 이름이 뭐였지?"

나는 탁자 밑에서 베이스를 들어 올리는 중이었지만, 멈추고 가만히 그를 보았다. 두 달 동안 그를 스토킹했는데, 그는 내 이름도 모른다고? 왜 나는 갑자기 믿을 수 없을 만큼 굴욕적인 기분이 드는 걸까?

그건 아마도 믿을 수 없을 만큼 굴욕적인 일이기 때문일 것이다.

"제이니!"

연주실 건너편의 몬스터가 나를 부른다.

"네 앰프 안 가져 왔으면 내 거 같이 써도 돼."

나는 이 연주실에서 내 이름을 실제로 알고 있는 한 사람에게 고맙다는 미소를 지었다. 그리고 버비나가 들어와 손을 흔들었다. 이제 이 방에 내 이름을 아는 사람이 두 명이다.

"제니! 그래, 제니였어. 어떻게 까먹을 수가 있지?"

제레미는 자신의 이마를 때리는 시늉을 한다.

내 이름을 아는 사람 두 명과, 모르는 게 아주 확실한 사람 한 명이다.

"나는 제이니야. 제이-니-. '레이니'하고 라임이 되게."

짜증 때문에 난 말문이 트였다.

제레미는 미소 지으며 말한다.

"'리나'랑은 라임이 안 되는구나."

"안 되지. 그러면 내가 '지나'게."

"그럼 나쁘지."

그래, 그는 내 이름을 모른다. 하지만 제레미 피치는 정말 매력적이고, 나는 더는 개의치 않는다. 사실, 남자아이와 이렇게 다정하게 농담을 주고받는 순간을 난 오랫동안 기다려 왔다. 나는 미소 지으며 말한다.

"아주 나쁘지. 세상에서 제일 나빠."

제레미가 맞장구친다.

"원자력 홀로코스트보다 나쁘지."

난 되받아친다.

"신발에 들어간 돌멩이보다 나빠."

"이리 와, 제이니. 베이스 조율해야지."

몬스터가 내게 외쳤고, 나는 아쉽게 말했다.

"가야겠다."

제레미는 미소 띤 얼굴로 말했다.

"금방 와."

이 남자, 위험할 만큼 매력적이다.

몬스터가 베이스를 조율하는 동안, 합주실은 연주를 하려는 밴드부원들로 가득 찼다. 눈앞에 많은 남자아이들이 있다. 이곳이 맨빌 고등학교에서 유일하게 속할 수 있는 곳일 것 같은 아이들이 주를 이루기는 하지만 말이다. 무명 밴드의 희한한 이름이 쓰인 까만 티셔츠와, 아주 가끔 감는 것을 제외하고는 어떤 손질도 않은 머리 스타일에 대한 강한 선호도를 발견했다. 두 명이 다이어트 콜라 캔을 서로 부딪치는 모습이 보였고, 그들이 지금 마시려는 것이 실은 다이어트 콜라가 아니라는 생각이 들었다. 제레미처럼 멋있으면서도 말쑥한, 훗날 감방과 친해질 운명이 아닌 것 같아 보이는 이들도 몇몇 있었지만, 소수였다.

나는 황홀하다는 듯 내게 눈썹을 씰룩거리는 버비나를 보았다. 우린 지금 남자 천국에 있어, 라고 말하는 것 같다. 아니면 남자 천국 중 '인마'라는 말을 많이 쓰고 '머틀리 크루'나 '점스' 같은 밴드의 전성기를 놓친 걸 아쉬워하는 이들이 모인 계파에 와 있다고 할 수 있겠다. 어쨌든 이 정도가 내가 까만 티셔츠들을 보고 알게 된 내용이다.

모두가 자신의 기타를 꺼내 들고(드럼과 내 베이스를 빼고는 전부 기타뿐이다.) 조율하고 앰프에 꽂아 준비를 마치기까지는

10분이 걸렸다. 밴드 합주는 짜릿하다. 그리고 첫 곡이 시작되고 2초 후, 그 짜릿함이 퍼지기 시작한다.

그리고 정말 정말 시끄럽다.

버비나는 귀에 손가락을 꽂았지만 얼굴엔 미소를 띠고 음악에 맞춰 고개를 끄덕이고 있다. 나는 소리에 압도 당한 느낌이지만 따라가려고 노력한다. 우리가 연주하고 있는 노래는 '라디오헤드'의 예전 곡, 내가 평생 한 번도 들어본 적 없고 어떻게 연주하는지도 모르는 곡이지만 30초쯤 흐른 후 나는 상관없다는 것을 깨닫는다. 아무도 내 소리를 듣고 있지 않은 것이다. 나는 눈을 감고 무작정 덤벼들었다. 곡이 끝나자 적어도 여섯 명이 내게로 몸을 기울이며 "죽이는데!"라고 말한다.

내 옆에 앉은 몬스터는 흐뭇해 미소가 번진다.

버비나는 손뼉을 치며 깡충깡충 뛴다.

"제이니, 너 진짜 잘한다!"

내가 새로 온 아이로서 주목을 받은 것은 다음 한 곡까지였고 그때부터 나는 그들 중 하나로 자리 잡았다. 밴드부원들 중 하나로. 우리는 여섯 곡을 더 연주해 냈고, 그동안 누가 리드 기타를 연주할 것인지, 시작 코드가 무엇인지, 그리고 (민머리를 하고 라이방을 쓴 피트라는 이름의) 드러머의 연주가 얼마나 최악 중 최악이었는지 등에 대한 많은 논쟁이 오갔고, 결국 드러머 피트는 드럼 스틱을 던져 버리더니 거만한 걸음으로 합주실을 걸어 나갔다.

몬스터가 내게 몸을 숙여 알려 주었다.

"저 녀석은 금요일마다 저래. 실력 형편없는 거 맞아. 지금 2년째 저 녀석 쫓아내려고 애쓰는 중이야. 여기가 자유 국가라서 그렇지 안 그랬으면 여기 더는 못 오게 했을 거야."

나는 실력이 얼마나 형편없던 간에 아무도 쫓겨나지 않는 무리의 일원이고 싶다는 생각이 들었다.

유독 시끌벅적했던 '홀 라터 러브' 연주가 끝나고 4시 45분, 몬스터가 일어나 모두에게 말했다.

"이제 짐 싸야 해. 경비 아저씨들이 5시엔 문 잠그실 거야."

나는 메고 있던 베이스를 어깨에서 내렸다. 어깨는 아팠고 손가락 끝은 물집이 생기기 직전이었고 내 오른쪽 청력 절반은 잃었을지도 몰랐다. 그래서 나는 단체 활동에 참여했다는 기쁨에 사로잡힌 버비나가 책상 위로 뛰어 올라가 이렇게 선언했을 때, 처음엔 잘못 들은 줄 알았다.

"2주 후 토요일에 제이니네 집에서 파티 있는데, 모두 와도 좋대!"

감탄어린 함성들이 터져 나왔다. 나는 버비나와의 친구 관계 역사상 처음으로 버비나를 사납게 노려보았다. 이 합주실에 모

인 건 아웃사이더 열두 명과 그다지 아웃사이더 아닌 대여섯 명
뿐이지만 파티 소식이란 바이러스와 같다. 퍼져 나간다. 손쓸
수가 없을 정도로. 결국엔 전국폭주족협회 맨빌 지부가 대문 앞
에 나타날 정도로.

내가 베이스를 케이스에 넣었을 때, 몬스터가 물었다.

"집에 태워다 줘야 해?"

나는 말없이 고개를 끄덕였다.

"야, 걱정하지 마."

몬스터는 버비나 쪽으로 고개를 까딱하며 말했다. 버비나는
아직도 책상 위에 서서 한 무리의 밴드부 아이들에게, 사실 우리
집이 어딘지는 모르지만 다음 주에 약도를 가져오겠다고 말하
고 있다.

"이 중 절반은 집에서 절대 나오지도 않는 애들이야. 기타 히
어로17 게임 하느라고 바빠서."

누군가 내 어깨를 두드렸고, 돌아보니 제레미였다.

"오늘 연주 끝내주더라. 너 아무래도 타고났나 봐. 내가 집에
태워다 줄까? 아님 뭐 필요한 거라도?"

아님 뭐 필요한 거? 키스는 어떨까? 청혼은? 파리 여행은? 꼭
이 순서대로일 필요는 없고.

나는 나 자신을 막을 겨를 없이 대답했다.

"그럼. 좋——"

막았다.

"아, 그게, 나 태워 줄 사람 있기는 하지만——"

나는 몬스터에게 돌아서며 말했다.

"저기, 제레미 선배가 나 집에 태워 줘야 하는지 물어보네. 그러니까, 몬스터 선배는 아마 일하러 가야 하기도 하고 그럴 테니까……"

내게 대답을 하기 전, 몬스터는 아주 잠시 망설였다.

"어, 맞아. 나 일하러 가야 돼. 그러니까 제레미 차 타고 가고 싶으면 그렇게 해. 근데 저기 네 친구는? 쟤도 집에 태워 줘야 하면 내가 태워다 줄게."

"당연하지! 버비나 태워다 줘야 해!"

몬스터와 버비나를 한데 모아 서로 이끌리는지를 보려던 계획을 떠올리며 나는 말했다.

"알았어, 태워다 줄게. 넌 주말에 연습하는 거 잊지 말고."

"안 잊어. 적어도 하루에 30분은 할 거야."

나는 베이스 케이스를 딱 소리 나게 닫고는 연습 중독자 같은 미소를 지어 보였다.

몬스터는 내 어깨를 한 번 꽉 쥐고 말했다.

"장하다."

그리고 나는 제레미 피치를, 바로 그 제레미 피치를 따라 문을 나서 복도로 나갔다. 2분 후 우리는 그의 차(지난 세기에 생산된 혼다 시빅)를 타고 농장 세계를 향해 달리고 있다. 차의 작은 스피커에서 뿜어져 나오는 음악 덕분에 우린 애써 의미 없는 대화를 할 필요가 없고 나는 편히 앉아 창밖을 내다보며 새라를 떠올리지 않으려 노력한다. 제레미는 나를 집에 태워다 주는 것뿐이다. 내게 결혼을 하자고 한 것도, 데이트를 하자고 한 것도 아니다. 아직은. 그저 친절하게 학교에서 집까지 차를 태워 주겠다고 한 것뿐이다.

나는 이것이 근사하게 옛날식으로 느껴져, 달콤한 기분에 젖었다. 순수한 기사도 정신으로 하는 행동이면서, 어쩌면 여자로서의 관심도 조금은 품은 행동일지 모른다. (꿈은 꿀 수 있으니까.) 물론 이번 동행에서 신체적인 접촉 같은 것은 전혀 일어나지 않을 테지만, 그가 나를 내려 주고 나면 우리는 필요 이상으로 오랫동안 서로의 눈을 바라볼 것이고, 둘 다 앞으로의 동행을 상상할 것이다. 이런 생각에, 나는 내가 촌구석에 사는 것이 처음으로 고맙게 느껴진다. 멀면 멀수록 좋을 것 같다.

5분 쯤 달린 후, 제레미는 얼마나 더 가야 하는지 몰라 불안해하는 것 같았다.

"이 부근이야? 호 리버 지구, 맞지?"

그는 라디오 볼륨을 낮추며 물었다.

"어, 아니야. 호 리버 로드야. 15-501에서 8킬로쯤 더 가야 해"

나는 지평선 쪽을 애매하게 가리키며 대답했다.

"그럼 채텀 카운티잖아."

흘낏 나를 보며 말하는 제레미의 표정은 마치 속아서 짜증이 난 사람 같았다. 내가 농장 세계로 간다고 사기를 치고는 머나먼 다른 곳으로 길을 이끌기라도 하는 것처럼 말이다. 우리 농장까지는 길 건너는 양 떼를 만나지 않는 한, 차로 15분밖에 걸리지 않는다.

"아니야, 채텀 카운티에 거의 가까워서 그렇지 맨빌 안에 있어, 우리 농장."

나는 밝은 목소리를 유지하려 애쓰며 말했다.

"너희 농장? 너 농장에 살아?"

제레미의 말투는 마치 내가 벽난로 불빛으로 공부를 하고, 돌연변이 인간이라는 것을 숨기고 있다고 믿기라도 하는 것 같았다.

나는 얼굴이 빨개져 고개를 끄덕였고, 비참한 기분으로 창밖을 내다보았다. 사랑에 대한 내 첫 번째 기회는 우리 집 주소 때문에 무너졌다. 진작 깨달아야 했다. 나는 결코 남자 친구가 생기지 않을 것이다. 날 만나러 오는 길은 너무 멀고, 우리 집 뒷마당에서는 거름 냄새가 나니까. 제레미가 나에게 데이트 신청을 할 가능성은, 날아갔다. 끝났다. 사라졌다.

절망에 사로잡혀 차 밖으로 몸을 던질까 싶던 순간, 월요일에 나를 데려다 주며 우리 집까지의 거리에 대해 개의치 않는 것 같던 몬스터가 생각났다. 우리 왕자님은 왜 이러는 걸까? 날씨는 화창하기 그지없고, 나는 막 밴드부의 베이스 연주자로 멋지게 데뷔했는데. 사실 내 연주는 좀 끝내줬다. 허리를 당당히 펴고 제레미를 보니, 그는 마치 우리가 달리는 거리를 100미터 단위로 세고 있기라도 한 것처럼, 초조하게 운전대를 손가락으로 두드리고 있다.

나는 따지듯 물었다.

"농장이 뭐 어때서? 소가 싫어? 뿌리채소는 못 참아?"

"아니, 그게——"

그의 목소리는 우유 값을 잃은 6학년짜리 남자아이처럼, 반 옥타브쯤 올라갔다.

"휘발유 값이 비싸단 말이야."

이건 너무 치사하다. 나는 가방을 뒤져 5달러짜리를 꺼냈다.

"이거면 되겠어?"

(받지 마, 제발. 나는 간절히 기도했다. 제발, 제발, 제발.)

제레미는 그 돈을 받아 셔츠 주머니에 쑤셔 넣었다.

"고맙다."

그리고 그는 몸을 숙여 내 무릎을 한 번 쥐고는 말했다.

"넌 진짜 멋지다. 요즘 기름통 채우려면 돈이 많이 든다는 걸 내가 아는 많은 여자애들은 하나같이 이해를 못하더라고."

아, 잘 알겠다. 나는 제레미에 대해 알아야 할 모든 것을 알았다.

우리들의 멋진 왕자님이 사실은 그다지 왕자가 아니었단 걸 새라에게 말해 주어야 한다.

16

프리덤 라이더즈[18]

차 뒷좌석은 가방과 각종 물건들로 비좁지만 나는 상관없다. 내 옆에 앉은 할런 할아버지는 고개를 젖히고 가늘게 뜬 눈으로 하늘을 보며 함박웃음을 띠고 있다. 신선한 공기를 마실 수 있는 만큼 가득 들이마셔야 하는 그런 가을날 오후라 엠마 언니는 차의 지붕을 열어 두었고, 1964 폭스바겐 비틀 컨버터블에 탄 우린 머리카락을 휘날리며 시내를 달리고 있다. 할런 할아버지의 눈처럼 희고 조금 가느다란 머리카락이 온갖 방향으로 주체할 수 없이 휘날리지만, 할아버지는 개의치 않는 것 같다.

엠마 언니와 새라는 앞좌석에 앉았고, 엠마 언니는 테이크아웃한 커피를 한 번에 길게 들이켜며, 5초에 한 번씩은 백미러로 할런 할아버지를 살핀다. 그동안 난 엠마 언니의 조용한 모습을 많이 보았지만 이렇게 아무 말도 못하는 모습은 본 적이 없다. 스타를 직접 만난 팬 같은 모습. 언니는 할런 할아버지를 올림푸스 산 위의 존재로 생각하는 것이다. 요양원에서 할런 할아버지와 언니를 서로 소개해 주었을 때, 언니는 잔뜩 긴장한 목소리로 '선생님'이라고 불렀다.

"그냥 할아버지라고 불러요."

"네, 하, 할아버지."

엠마 언니는 뺨이 불긋불긋해진 채 손을 내밀고 악수했다.

새라와 나는 서로 마주 보며 눈썹을 올렸다. 새라 언니가 말을 더듬어?

우리는 셉티마 브라운 여사의 집이 있는 맨빌 하이츠로 달리고 있다. 맨빌 하이츠는 맨빌의 흑인 노년층 다수가 살고 있는 오래되고 낡은 동네로, 공립학교들이 모두 통합되기 전인 60년대 초반 맨빌의 유일한 흑인 초등학교였던 부커 티 워싱턴[19] 초등학교 건물을 이어받은 부커 티 워싱턴 문화 센터가 자리한 동네이기도 하다. 오래전부터 마틴 루터 킹 목사 기념일[20] 다음 화요일이면 맨빌의 흑인, 백인 초등학생들이 버스 여러 대에 나눠 타고 와서는 부커 티 워싱턴 문화 센터까지 먼 길을 걸어가 〈이 작은 나의 빛〉 노래를 부르고 〈나에게는 꿈이 있습니다〉 연설 비디오를 본다.

셉티마 브라운 여사의 잔디는 너무나 깨끗해서, 바람 부는 날이면 나무 아래에 서서 떨어지는 나뭇잎들이 바닥에 닿기 전에 붙잡는 사람을 고용하는 것은 아닐까, 하는 생각이 들 정도였다. 집은 아주 작았고 콘크리트 계단이 흔들의자와 카페 탁자, 몇 개의 국화 화분 정도만 자리 잡을 수 있는 아담한 발코니로 이어졌다.

할런 할아버지가 벨을 누르기도 전에 현관이 열리더니 밝은 주황과 빨강 숄을 어깨에 두른 키가 크고 몸이 살짝 굽은 할머니가 뛰쳐나온다. 웃는 얼굴로, 거의 시속 100킬로미터의 속도로.

"할런!"

하고 외치며 할런 할아버지에게로 뛰어들다시피 하더니 두 팔을 크게 벌려 할아버지를 꼭 안았다.

"드디어 감옥에서 내보내 줬나 보네요!"

여사의 말에 할런 할아버지는 계단 아래에서 기다리고 있는 엠마 언니와 새라, 그리고 나를 가리켰다.

"이 숙녀분들이 나를 감시하겠다는 약속을 했기 때문에 가능했지요. 감방에는 다 규칙이 있는 거잖아요."

여사는 웃음을 터뜨렸다.

"나는 감옥하고 별로 안 친하잖아요. 그걸 인정하자니 어쩐지 부끄럽네. 그래도 나는 아직 요양원에 들어가지 않아도 되는 게 정말 좋아요."

"되도록이면 들어가지 말아요. 그 냄새만으로도 수명 몇 년
은 줄어든다니까."

셉티마 브라운 여사는 할런 할아버지를 지나쳐 계단 맨 위 칸
으로 내려섰다. 시원한 바람이 일었고, 여사는 가슴 주위로 숄
을 바짝 감았다.

"오늘 진짜 가을 날씨네."

우리를 더 잘 보려는 듯 셉티마 여사는 안경을 고쳐 썼다. 짙
은 갈색 눈동자가 안경 렌즈 때문에 확대되어 머리에 비해 조금
지나치게 커 보였다.

"이 날씨에 차 지붕을 열고 이렇게 다니다니! 어서들 들어와
요. 내가 차를 좀 내어 줄 테니까."

우리는 셉티마 여사를 따라 작은 집으로 들어가, 작지만 티
하나 없이 깔끔한 거실에 자리를 잡고 앉았다. 골동품이라거나
레이스 달린 가구 덮개, 세계 7대 불가사의를 묘사해 놓은 미니
어처 찻잔 같은 할머니다운 물건들이 없다는 점이 눈에 띄었다.
새라는 약해 보이는 등나무 줄기 의자에 앉았고, 엠마 언니는 아
주 오래 되어 보이는 소파에 할런 할아버지와 나란히 앉았다. 나
는 커피 탁자 옆에 있는 수납장 겸 의자에 편히 앉았다. 우린 언
니의 차 안보다 겨우 조금 더 여유 있게 앉아 있다.

"제가 뭐 도와 드릴까요? 차 나를게요."

엠마 언니가 외쳤다.

"아니야, 괜찮아. 전부 쟁반에 담아서 내가 갖고 갈게. 오시기 전에 다 준비해 놨지."

셉티마 여사는 거실로 다시 들어왔다.

엠마 언니의 도움을 받아, 셉티마 여사는 찻잔을 모두에게 전달했고 테두리가 바삭하게 갈색으로 익은 얇은 레몬 쿠키 한 접시를 모두에게 한 바퀴 돌렸다. 다과가 모두 전달되자, 여사는 엠마 언니의 팔을 가볍게 쓰다듬으며 말했다.

"고마워요. 정말 친절하네."

엠마 언니가 얼굴을 붉혔다. 우주에서 가장 대범한 여자 엠마 언니가 얼굴을 붉혔다.

내가 실은 엠마 언니를 전혀 알지 못한다는 생각이 들었다.

셉티마 여사는 윙백 의자에 자리를 잡았고 밝은색 퀼트를 무릎에 당겨 덮었다. 차를 한 모금 마시고, 아직은 너무 뜨겁다는 것을 우리에게 알려 주고는, 발치의 바구니에서 뜨개질감을 꺼내 들었다.

"아프간 사람한테 줄 모포를 뜨고 있어요. 우리 교회에서 요즘 하는 자선 사업이거든."

셉티마 여사는 분홍색 금속 바늘과 긴 인디고블루빛 털실로 뜨개질을 했다. 그리고 내 머리 뒤로 20센티미터쯤 떨어져 있는 오븐만 한 크기의 구형 티브이를 가리켰다.

"뜨면서 히스토리 채널을 봐. 이번 주가 세계 제1차 대전 특집 주간이거든. 2차 대전에 대해서 제대로 알려면, 1차 대전에 대한 모든 걸 알아야 한다는 생각이 들었어요. 오늘 밤 10시쯤이면, 나는 다 알게 될 거야."

셉티마 여사는 뜨개질을 하고 우리는 조심스레 차만 마시며 잠시 조용했다. 자신의 찻잔을 꽤 오랫동안 들여다보던 엠마 언니가 셉티마 여사에게 말했다.

"감옥에 가신 적이 있는 걸로 알고 있는데요."

셉티마 여사는 부드럽게 엠마 언니의 얼굴을 보더니 뜨개질 감을 무릎에 내려놓았다.

"자료 조사를 했구나?"

"구글 검색을 해 봤어요."

셉티마 여사가 혼란스러워 보이자 언니는 고쳐 말했다.

"인터넷에서 찾아봤어요. 어느 시민권 운동 사이트에서, 글 가르치던 다른 교사들과 함께 감옥에 들어가셨다는 내용을 봤거든요. 미시시피 감옥에요."

셉티마 여사는 고개를 끄덕였다.

"그랬었지, 1964년 여름에 미시시피 그린빌에서. 그런데 아주 잠깐이었어. 나는 보석으로 풀려났거든. 다른 교사들도 그랬던 건 아니었어. 보석을 거부하는 건 영광의 증표였지. 그렇지만 나는 미시시피 감방에서 하룻밤을 보내야 한다는 걸 견딜 수가 없었어요. 분명 한밤중에 어딘가로 끌려 나가 총살을 당할 거라고 생각했거든. 정말 겁쟁이였지.”

그러자 할런 할아버지가 소파에서 거의 반쯤 일어나다시피 하며 외쳤다.

“셉티마! 당치도 않은 소리 말아요! 셉티마는 내가 아는 제일 용감한 사람 중 한 분인데.”

셉티마 여사는 손사래를 쳤다.

“아니에요, 할런. 전혀 그렇지 않아요. 나는 늘 편안함을 추구했어요. 아무래도 그게 내 커다란 결점이지 싶어요.”

할런 할아버지는 답답한 듯 헛기침을 했다.

“그런 일 실제로 일어났어요.”

엠마 언니가 말했다.

“실제로 감옥에 있다가 끌려 나가서 죽임을 당한 분들이 있어요. 당연히 두려워하실 만한 일이었다고요.”

“나도 그땐 그렇게 생각을 했어.”

셉티마 여사는 다시 뜨개질을 하며 말했다.

“하지만 이제 생각해 보면, 그때 감옥에서 오랜 시간을 보낸 내 동료들의 행동은, 마틴 루터 킹 박사가 말한 '구원을 위한 고통'이었던 거야. 이 세상을 좀 더 나아지게 하려고 온몸으로 희생을 하고 있었던 거지."

새라는 가방에서 작은 메모장을 꺼내 휘갈기며 기록을 하기 시작했다. 갑자기 나는 아빠의 녹음 장비를 가져오지 않은 것이 후회되었다. 몸을 앞으로 기울이며, 나는 물었다.

"학교를 열었다고 체포가 되신 거예요? 그리고 정확히 '공민학교'라는 게 뭐예요?"

셉티마 여사의 얼굴이 미소로 밝아졌다. 분명 소중한 주제인 모양이었다.

"아, 자유학교! 우리 헤이즐이 지금 여기 있어서, 같이 그 이야기를 할 수 있었더라면 좋으련만. 그래도 할런이 도와줄 거죠?"

"최선을 다하죠."

할런 할아버지는 고개를 끄덕였다.

셉티마 여사는 자신의 찻잔으로 손을 뻗으며 물었다.

"다들 메이슨 팜 길이 어디 있는지 알지? 15번 고속도로에서 이어지는 길."

"네, 거기서 우리 청소년 축구 했어요. 메이슨 팜 구획에 도착하기 전에 있는 운동장에서요."

새라의 대답에 셉티마 부인은 즐거운 목소리로 말했다.

"그랬어? 그러면 헤이즐하고 내가 학교를 운영했던 곳을 아는 거야. 거기 개울 뒤에 있는 낡은 농가거든."

새라와 엠마 언니와 나는 모두 몸을 앞으로 내밀고 귀를 쫑긋 세웠다. 할런 할아버지는 마치 특별한 선물을 기대하듯 몸을 뒤로 기대고 눈을 감았다.

"아주 재미난 이야기야."

할아버지는 엠마 언니의 무릎을 톡톡 두드렸다.

"이 이야기에 푹 빠질 테니, 두고 봐요. 셉티마하고 헤이즐이 얼마나 놀라운 일들을 했는지 몰라."

엠마 언니를 흘낏 보니 실상 사랑에 빠지고 있는 소녀의 모습이었다. 커다랗게 뜬 눈과 홍조 띤 피부, 조금 벌어진 입.

"할런, 그렇게 말하면 꼭 할런은 별일 하지 않은 것처럼 들리잖아요. 얼마나 중요한 역할을 했는데."

셉티마 여사의 말에 할런 할아버지는 미소 지으며 답했다.

"맞아, 폭력배들이 못 오게 막는 일은 내가 좀 했지."

"훨씬 큰 역할을 했으면서! 학교를 만드는 건 내 생각이었지만, 학교로 만들 장소를 찾아 준 사람이 바로 여기 할런 할아버지셨어. 감히 KKK단의 심기를 거스르는 일은 누구든 하기 두려워하던 시대에 말이야. 여긴 남부 아래쪽만큼은 상황이 나쁘지 않았지만 이 동네에도 예외 없이 가운을 입고 폭력배들처럼 차를 몰고 돌아다니며 사람들을 위협하는 백인 청년들은 있었지. 그땐 미시시피의 흑인 교회들이 다 불태워진 이후였기 때문에, 우리 동네 흑인 교회도 학교를 운영하겠다는 우리에게 장소를 내주지 않았어. 읽기 교실을 열려면 장소는 꼭 필요했는데, 여기 할런 할아버지께서 학교로 삼을 건물을 찾아 주신 거야."

"그거라면 나는 그저 버려진 농가 찾는 걸 도와준 것뿐인데. 그게 그렇게 큰 도움이라 할 수 있나? 어차피 곧 무너질 듯 낡은 집이었고 말이야."

그리고 셉티마 여사는 몸을 숙여 탁자에 놓인 접시에서 레몬 쿠키를 하나 더 가져가며 신이 난 듯 말했다.

"그래도 우리 그 건물 고치면서 참 신나고 좋았어. 안 그래요, 할런? 옛날식 헛간 준공식 같았거든! 동네 사람들이 전부 와서 도와주고! 뭐, 사실 흑인 이웃들 전부하고, 동조하는 몇몇 백인들이 온 거였지만 어쨌든 그 농가를 쓸 만하게 고칠 수 있었어. 그리고 수업을 시작했고. 할런, 헤이즐은 글씨 쓰기 가르치는 걸 참 좋아했잖아요."

할런 할아버지는 소리 내어 웃었다.

"그 사람은 누가 이름 대신 X자로 서명을 쓰려고 하면 좀 화를 냈죠. '이름을 한 자 한 자 또박또박 쓰시라고요!' 하면서. 헤

174

이즐더러 미쳤다고 하는 사람들도 많았지만, 헤이즐은 이왕 목숨 걸고 투표자 등록을 하려면, 손에 힘 딱 주고 이름을 잘 쓰는 게 중요하다고 생각했죠."

그리고 셉티마 여사가 말했다.

"우린 많은 사람들한테 글을 읽고 쓰는 법을 가르쳤어. 클레터스 밀러 씨는 글을 처음 배웠던 당시 연세가 92세셨지. 글을 배우자마자 공공 도서관으로 가서 카드를 만들어 달라고 하셨어. 도서관 사서가 선뜻 만들어 주었고."

"사서가 매리 먹코넬리였지. 우리 편."

할런 할아버지가 기억을 떠올리며 덧붙였다.

새라가 휘갈겨 쓰던 손을 멈추고 물었다.

"셉티마 여사께서는 헤이즐 여사와 어떻게 아시는 사이가 되셨어요?"

셉티마 여사는 의자에 기대앉더니 잠시 눈을 감았다.

"가만 보자. 내가 언제 헤이즐을 만났느냐면, 아마 헤이즐이 우리 교회 사람들한테 강의를 하러 왔을 때일 거야."

"시민의 권리에 대한 강의요?"

엠마 언니가 물었다.

"수국에 대한 강의. 헤이즐은 동네 주민들한테 식물 키우는 법에 대해 자주 강의를 했어. 그걸 들으니 몇 가지 더 물어보고 싶더라고. 난 수국을 한 번도 잘 키우지 못했거든. 그 후로 우리는 식물 키우는 이야기를 나누며 친해졌지. 그게 1955년쯤……. 아마 1956년이었을 거야. 내가 동네 이웃들이 투표자 등록을 할 수 있도록 글 읽고 쓰기를 가르치는 공민학교를 열고 싶다고 생각한 지 얼마 되지 않았을 때였어. 헤이즐은 나한테서 그 얘기를 듣자마자 돕고 싶다고 했지."

"제가 거기 있었더라면 좋았을 텐데."

엠마 언니가 불쑥 이 말을 내뱉더니, 곧바로 얼굴이 시뻘게졌다.

"그러니까…… 저였어도 돕고 싶었을 것 같다고요."

"그래, 그랬을 것 같아. 충분히 그만큼 용감했을 거야."

셉티마 부인이 어루만지는 듯한 목소리로 말했다.

"어쩌면요. 그랬으면 좋겠어요."

엠마 언니는 무릎을 내려다보며 말했다.

잠시 모두가 조용했다. 엠마 언니와 새라도 그랬는지는 모르겠지만, 나는 내가 그곳에 있었다면 과연 도울 용기가 있었을지 생각해 보고 있었다. 할런 할아버지네 앞마당의 불탄 십자가가 떠올랐고, 내 집 앞마당에서 그 십자가가 불타는 상황을 상상했다. 나를 위협하겠다고 앞마당에 서 있는 KKK단원들을 거실 커튼 너머로 내다보는 순간을. 타오르는 불길과 날아오는 총알을.

나는 눈을 감아 버렸다. 나의 용기는 그런 상황을 실제로 견딜 만큼은 고사하고, 상상할 만큼도 되지 않았다.

"할런과 헤이즐은 아무것도 겁내지 않았어."

침묵을 깨뜨리고 셉티마 여사가 말했다. 그리고 찻주전자를 들고 일어서 모두의 찻잔에 차를 다시 채워 주었다.

"마치 그 아무것도, 그 누구도 자기들을 해칠 수 없다고 생각하는 것처럼."

그러자 할런 할아버지가 웃었다.

"두려움을 모르던 건 셉티마하고 헤이즐 두 사람이었지요. 동네 사람들을 학교에 나오도록 설득하려고 일일이 집에 찾아가는 두 사람을 내가 차로 운전해 주었는데 말이야, 뒤에서 헤드라이트가 비출 때마다 난 온몸의 피가 싸늘해지는 것 같았지. 외진 길로 들어갈수록 KKK단원들이 아무도 모르게 우릴 쏴 버리기 쉬워지는 셈이었거든."

셉티마 여사는 다시 자리에 앉으며 말했다.

"제일 어려웠던 점은 이웃들이 우리 얘기를 들으려고도 하지 않는 점이었어. 울화가 치밀어 오르더라고! 처음엔 도저히 이해를 할 수 없었는데, 어느 부인이 와서 투표자 등록을 했다는 걸 들키면 직장에서 해고당할 거란 얘길 해 줬지."

그리고 할런 할아버지가 말했다.

"또, 글을 읽을 수 없다는 걸 인정하지 않으려는 사람들도 있었잖아요. 밝히기가 난처해서."

"특히 남자들이 그랬죠. 글을 읽고 쓸 수 없다는 사실이 자길 어린애처럼 보이게 할 거라고 생각해서."

셉티마 여사는 짓궂은 미소를 짓고는 말했다.

"그런데 그때 헤이즐이 학교에 오는 사람들에게 돈을 주자는 멋진 생각을 해 낸 거야! 우린 받은 보조금이 있었고, 그 돈으로 일주일에 이틀 밤 이상 석 달 동안 학교에 오는 사람들에게 30달러씩을 줬지."

그리고 할런 할아버지가 말했다.

"그래도 여전히 집에 있는 사람들이 많았어. 하지만 그 정도면 우리한테는 충분했지. 물론 학교를 시작한 첫날밤에 마셜 로건이 창문에 총을 쏜 덕분에 학생들 모으기가 더 어려워지긴 했지만 말이야."

내 몸에 서늘한 충격이 퍼졌다.

"누가 총을 쐈다고요? 그게 누군지도 아셨다고요?"

셉티마 여사가 대답했다.

"그게 말이야, 총을 쏘기 전에 그놈이 몇 마디 욕설을 고래고래 외쳤는데, 학교 안에 있던 사람들 대부분이 그 목소리를 알아들었거든. 우린 다들 프랭클린 거리 로건 슈퍼마켓에서 물건을 사니까 목소리가 익은 거지. 그런데 헤이즐이 발코니로 나가더니, 글쎄 그놈 엄마한테 다 말할 거라면서 고함을 친 거야! 우린 전부 '얼른 들어 와! 총 맞아!' 하며 난리였지만, 헤이즐은 아기 때부터 마셜을 알았고 마셜 엄마와는 더 오래 아는 사이라면서, 마셜이 자기에게 총을 쏘면 마셜의 엄마가 결코 참지 않을 거라고 했어!"

할런 할아버지가 미소를 지으며 덧붙였다.

"나중엔 그 녀석, 우리한테 돈도 줬지. 학교에서 필요한 용품들을 사는 데 보태라며."

셉티마 여사는 고개를 설레설레 저으며 말했다.

"다 그 녀석 엄마가 시켜서 그런 거잖아요. 헤이즐 말로는 마셜이 우리를 공격했다는 얘길 듣고 로건 부인이 얼마나 속을 썩었는지 모른대."

셉티마 여사와 할런 할아버지는 함께 웃었다. 나는 여기 온 이후로 두 분이 내내 웃고 있었다는 것을 깨달았다. 함께 이 이야기를 하며 두 분은 행복해했다. 위험하고 힘들었던 날들에 대한 이야기인데도.

나는 새라와 엠마 언니를 본다. 이 자매도 언젠가 이럴 수 있기를, 들려줄 수 있는 이런 멋진 이야기를 갖게 되기를 바라고 있다는 걸 알겠다. 장애물 앞에서도 용감했던 이야기, 사람들의 삶을 변화시킨 이야기를 말이다.

그리고 그때, 그 커다란 느낌이 다시 찾아왔다. 몬스터의 베이스를 처음 잡았을 때 느꼈던, 나 자신이 커지고 있는 이상한 느낌이 말이다. 그저 여기에 앉아 이야기를 들은 것만으로도. 한 사람의 삶이 얼마나 커다랄 수 있는지를 알게 된 것만으로도.

17

도마뱀

문신을 한

소녀

엠마 언니는 어딜 함께 가든, 대부분의 시간을 책을 읽거나 우울하게 허공을 바라보았다. 테마파크와 역사박물관으로 가는 미니밴에서나, 쇼핑을 하러 갔던 크릭사이드 몰에서나, 새라와 내가 여덟 살 이후로 매년 갔던, 몸이 꽁꽁 어는 두 시간 동안의 아이스쇼에서나, 엠마 언니는 늘 책을 읽거나 어딘가를 응시하는 모습이었다. 하지만 오늘 하루, 엠마 언니는 나와 함께 민권 운동 영웅의 집을 방문했고, 피자를 먹었고, 이제 시즈에 앉아 옛날식 바이올린과 복고풍 재즈 밴드 연주를 기다리고 있지만 여태 단 한 번도 《미국에서의 송어 낚시》 책을 꺼내거나 곁에 있는 동행보다 더 흥미로운 대상을 찾아 천장을 바라보지 않았다.

무대 가까운 곳의 테이블에 자리를 잡고, 엠마 언니가 거의 달고 사는 것 같은 커피가 나오길 우린 기다리고 있다. 식탁 건너편에서는 새라가 작은 공책에다 미친 여자처럼 필기를 하고 있고, 누군가 말을 걸려 할 때마다 "잠시만." 하고 손가락을 내민다. 뭘 적는 건지 물으니 이렇게 대답한다.

"오늘 오후에 기록한 거 옮겨 적어야 해. 이건 정말 대단한 내용이야! 상상해 봐! 우리 축구장이 성지였던 거야. 그런데 우린 전혀 몰랐어. 거기에 기념비나 조각상이나, 그런 거 세워져야 해."

새라의 눈은 야성적으로 이글거렸고, 새라가 다음번 지역의회 회의에 참석해 메이슨 팜 도로의 축구장에 셉티마 브라운과 헤이즐 할런의 조각상을 세우자고 의원들에게 요청할 일이 불 보듯 뻔했다. 당장, 지금 바로 세우자고요!

"너랑 몬스터 말이야."

새라가 다시 열렬히 글씨를 휘갈기기 시작했을 때, 엠마 언니가 물었다.

"사귀어?"

뭐랄까, 이 질문의 순전한 고등학교스러움에 놀라, 난 언니를 쳐다보았다. 우리는 오늘 오후 마틴 루터 킹 목사와 서로 "마틴", "셉티마" 하고 이름을 부르던 사이였을 뿐 아니라, 지도자의 위치에 좀 더 많은 여성들을 넣지 않는다고 실제로 '마틴'을 꾸짖은 여자와 두 시간을 보냈다. 흑인을 대상으로 한 범죄는 거의 유죄 판결을 받지도 않던 시절에 KKK 단원들을 감방에 보낸 남자와 함께 폭스바겐을 타고 돌아다녔다.

오후 내내 우리는 밤중에 5킬로미터를 걸어 학교에 다닌 사람들의 이야기, 나이 80에 처음으로 자기 이름을 쓸 줄 알게 된 사람들의 이야기, 학교로 총알이 날아온 후에도 투표권을 얻겠다는 이유로 계속 학교에 나오던 사람들의 이야기를 들었다.

그러고 나서 엠마 언니는 지금, 나의 애정관계에 대해 이야기하고 싶다?

내 생각이 보인 듯 언니는 어깨를 으쓱했다.

"뭐, 별 사이 아니겠지. 그래도 너랑 몬스터는 재미있는 한 쌍이 될 것 같기도 해서 말이야. 기본적으로 넌 나이도 어리고 아직 애지만, 몬스터랑 친하게 지낼 만큼의 센스가 있잖아. 솔직히 정말 의외지."

나는 좀 기분이 상해 얼굴을 찌푸렸다.

"내가 딸린다는 뜻이야?"

"네가 몬스터 정도로 멋진 애인지는 모르겠어."

언니는 무미건조하게 말하며 여자 종업원이 내민 커피를 받았다.

"그래도 오늘 이후로는 그 의견을 재고해 볼게. 너, 그 부츠

굉장히 멋지다. 그러고 보면 넌 항상 옷을 잘 입었어. 굉장히 독창적으로."

나는 모두가 볼 수 있도록 보라색 카우보이 부츠를 신은 내 다리 한 짝을 통로로 내밀었다.

"재포스 닷컴에서 샀어. 그리고 몬스터 선배랑은 그냥 친한 것뿐이야."

"그럼 바보구나."

커피에 크림을 부으며 언니는 말했다. 더 설명해 주길 기대했지만, 언니는 이미 내게서 관심이 떠난 듯 보였다.

오토바이 청년 타드가 등장한 덕분에 내가 어떻게 바보인지를 혼자 고뇌하지 않아도 됐다. 그는 언니 옆 테이블에 앉았다.

"어이, 자매님."

하고 인사하며 그는 탁자 너머로 손을 뻗어 엠마 언니의 턱 밑을 장난스럽게 찔렀다. 엠마 언니가 타드의 손가락을 물어 응답하기까지 하니, 마치 두 살짜리 어린애를 대하는 것 같다.

"새라예요. 저희 만난 적 있죠?"

새라가 타드에게 손을 내밀며 말했다.

타드는 언니의 앞니 사이에서 손가락을 빼 새라와 악수했다.

"몇 번 만났지. 최소한 한 번은."

그리고는 엠마 언니를 보고 말했다.

"늦어서 미안해."

그리고 두 사람은 타드가 직장에서 보낸 힘든 하루에 대해 꼭 어른들처럼 이야기를 나누었다. '노부부 같다'는 표현이 머릿속에 떠오르는 순간이다. 반항아 엠마 언니가 아무래도 오늘은 이름값을 하지 못하는 듯했다.

멜빵 작업복과 가축 사육장 모자를 쓴 기타 연주자 셋으로 이루어진 첫 번째 팀이 무대에 오르자, 타드는 내게 자리를 바꿔 달라고 부탁했다. 예의 바른, 거의 정중하다시피 한 태도로 말이다. 가까이서 보니, 머리에서 발끝까지 까만 가죽으로 둘러싸여 오토바이에 타고 있을 때처럼 무서워 보이지 않았다. 각진 턱과 부드러운 파란 눈동자를 지닌 그는, 이렇게 빤히 볼 기회를 얻고 보니 꽤 섹시했다.

언니 옆자리로 다가가며, 타드는 뒷주머니에서 T.S. 엘리엇의 《네 개의 사중주》를 꺼내 탁자 위에 놓았다. 그리고 언니의 뺨에 키스하며 이렇게 말했다.

"과거의 시간, 현재의 시간 어쩌고 하는 부분 전부 다 설명해 줘. 나 머리 쥐 나려고 그래."

내 머리도 쥐가 나려 한다.

장대한 기운으로 필기를 끝마친 새라가 주위를 둘러보고 물었다.

“왜 내 주문은 받으러 안 오지? 나 커피 마시고 싶은데. 지금.”

“세 번이나 왔었어. 네 주문 받기 포기한 것 같은데.”

“아마 한 번 더 기회를 줄 거야.”

새라는 손을 흔들어 우리 테이블을 담당하는 여자 종업원을 불렀다. 그녀는 내가 시도할 용기가 있었으면 하는, 짧게 깎아 탈색한 금발머리를 하고 있었고 티셔츠의 목 부분 위로 도마뱀 문신이 조금 보였다.

새라는 거의 자신도 모르게 그 도마뱀을 향해 고개를 까딱하며, 눈썹을 올리고 날 보았다. 새라와 나의 깨뜨릴 수 없는 합의 사항들 중 하나는, 절대 문신을 하지 않는다는 것이다. 우리는 파격적인 패션을, 멋진 신발을, 근사한 옷을, 훌륭한 액세서리를, 특히 빈티지를 사랑했지만 문신은 멋져 보이기 위한 지나친 몸부림 같다고 생각했다.

진정한 멋이란 결코 지나치게 애쓰지 않는 것이다.

새라와 내가 친구인 세계, 서로를 이해하고 어길 수 없는 합의 사항들을 공유하는 세계로 돌아와 기분이 좋았다. 사실, 기분이 아주 좋은 나머지 제레미에 대한 나쁜 소식을 공유할 때라고 생각했다. 그가 낭만과는 거리가 먼 구두쇠이고, 아주 솔직히 말하자면 그다지 훌륭한 기타 연주자도 아니라는 사실을. 나는 어제 연주실에서 그가 연주 중 헤맬 때가 많다는 것과 실제로 치는 대신 치는 척만 할 때도 있다는 것을 발견했다.

"금요일에 합주하러 갔던 얘기 내가 아직 안 했지?"

내가 말을 꺼내자, 새라는 미소를 띠고 다가왔다. 제레미에 대한 대단한 이야기를 기대하며. 하지만 이번 가을 내내 우리들의 환상 속에 살아온 제레미가 실제로는 존재하지 않는다는 나쁜 소식을 터뜨리려는 순간, 현실 속 제레미가 나타났다.

"네가 어떻게 여기 있어? 반갑다!"

제레미가 우리 테이블 옆에 서서 말했다. 눈이 드러나도록 앞머리를 쓸어 넘기며, 특유의 미소를 활짝 짓는다.

나를 바라보는 새라의 눈길을 느낀다. 제레미가 말을 건 대상이 나라는 점과 무관하지 않은 것 같다.

나는 말을 거의 더듬다시피 하며 대답했다.

"어, 우리 왔어. 다 같이."

나는 제레미가 새라를 보기를 간절히 바라며 새라 쪽으로 몸을 기울였다. 내 신호를 알아차린 제레미가 새라를 보며 말했다.

"너도 왔네, 셰릴."

"새라야."

엠마 언니가 정정했다.

새라와 나는 재깍 언니에게로 고개를 돌렸다. 언니는 제레미를 쏘아보고 있다.

"넌 왜 누구 이름도 제대로 기억하는 법이 없어? 8학년 때부터 지금까지, 항상 여자애들 이름 다르게 대잖아. 즐겨? 그러면 네가 잘난 것 같아?"

"네 이름은 알아, 엠마. 어떻게 잊겠어?"

제레미는 웃으며 말했지만 뒤에 어떤 불쾌감이 깔려 있었다.

엠마 언니가 중얼거렸다.

"아, 난 인물값 하는 자식들 진짜 싫어."

그리고 타드에게 말했다.

"오해하진 마. 타드도 정말 멋지니까. 그렇지만 그걸 무기처럼 휘두르진 않잖아."

타드는 커다란 손으로 커피가 담긴 머그컵을 감싸 쥐며 말했다.

"난 무기 싫어하지. 폭력은 대체로 다 싫어, 사실."

엠마 언니가 그의 팔을 한 번 다정하게 쥐며 말했다.

"비폭력은 강한 사람들의 무기지."

타드는 외쳤다.

"아, 나는 간디가 정말 좋아! 간디가 입던 기저귀같이 생긴 것만 빼고. 그건 좀 무서워."

제레미가 몸을 숙여 나와 마주 보았다.

"우리 팀 연주 끝나면 나 보러 와. 연주 어떻게 들었는지 말해 줘."

부엌 쪽으로 걸어가는 제레미를 모두가 바라보고 있을 때, 엠마 언니는 내게 물었다.

"방금 그거 뭐야, 제이니? 너…… 아니지? 그러니까 설마…… 그런 건 아니겠지?"

그리고 새라에게 물었다.

"제이니하고 제레미 피치하고 아무 사이도 아니라고 제발 말해 줘."

테이블 한 구석에서 조그맣고 비참하게 몸을 웅크리고 있던 새라는 말했다.

"내가 어떻게 알아? 제이니는 요즘 교우 관계가 굉장히 활발해."

"아무 사이 아닌 거 너도 알잖아. 사실 난 제레미 선배 너무 싫어. 나한테 기름 값 내게 했다고."

엠마 언니가 한쪽 눈썹을 올렸다.

"기름 값을 내게 했다고? 더 말해 봐."

"어제 밴드부 합주 끝나고 나더러 집까지 태워다 준다고 했거든. 그런데 우리 집까지 가는 거리를 알고 나서는 나한테 기름

값을 보태 달라는 뜻을 비치더라. 그래서 5달러를 내밀긴 했지만, 진짜 받을 줄은 몰랐어."

그러자 새라는 말했다.

"그게 뭐 어때서? 어차피 돈을 내는 게 맞는 거잖아. 안 그래? 그게 데이트라고 생각한 게 아니면. 데이트라고 생각한 거야?"

"이봐, 신데렐라 아가씨."

엠마 언니가 몸을 숙여 새라의 손목을 손가락으로 톡톡 두드렸다.

"밤 12시를 알리는 마지막 종이야. 이제 현실 세계로 돌아와."

새라는 손을 확 뺐다.

"무슨 뜻이야?"

"제레미 피치 정말 별로야. 모르겠어? 걔는 모든 여자애들한테 껄떡거리면서도 제대로 사귀는 건 싫어해. 자길 좋아하는 여자애들 수가 많아질수록 더 좋다고 생각하는 애야. 그래, 매력이야 있지. 그건 인정하지만, 인생은 너무 짧아. 너희들은 마땅히 좀 더 나은, 진짜 뭔가가 있는 남자를 만나야지. 타드 같은 남자."

타드는 《네 개의 사중주》를 우리에게 흔들고는 얼빠진 미소를 지으며 말했다.

“내가 좀 만날수록 괜찮지.”

엠마 언니는 멀리 어딘가를 보더니 얼굴이 밝아졌다. 그리고 내게 말했다.

“몬스터 몬로 같은 남자를 만나야 한다고.”

언니는 출입구를 가리켰다.

그리고 거기에 그가 있다. 커다란 키에 넓은 어깨, 손에는 베이스를 들고, 식당 안 거의 모든 사람들이 건네는 인사에 답하고 있는 몬스터가 있다.

그리고 바로 뒤에 버비나가 서 있다.

18

살아 있는
아코디언들의 방

버비나는 나를 보더니 반가워 꺅 비명을 질렀다.

버비나는 내 친구 관계 역사에서 처음으로 꺅 소리를 지른 아이다.

"내가 토요일 밤에 할 일이 있다니 믿어지지 않아!"

우리 테이블로 돌진해 온 버비나는 말했다.

"몬스터 선배가 태워 줬어. 사실 애초에 오픈마이크에 대해서 말해 준 게 몬스터 선밴데, 꼭 데리고 와 달라고 내가 빌었어. 우리, 오는 길에 내내 네 얘기 했어! 네가 얼마나 멋지고 괜찮은 앤지."

내 머릿속에는 한꺼번에 약 서른일곱 가지의 생각과 느낌이 한꺼번에 휘몰아쳐 왔다. 이를테면, 새라가 마치 방금 전기 충격기를 맞은 사람처럼 입을 벌린 채 버비나를 빤히 보고 있는 것 같다. 그리고 엠마 언니가 버비나를…… 글쎄, 우선은 말이 너무 많고 또, 시시한 아이라고 판단할 것 같다. 하지만 엠마 언니의 어떤 부정적인 반응보다 강하게 다가온 건 타드가 나의 토실토실하고 열광적인 친구를 더없이 귀여워한다는 느낌이었다.

하지만 그 모든 생각들을 압도하는 생각 하나는, 아주 불편해서 생각하지 않으려고 열심히 노력하고 있는 그 생각은 바로, 버비나가 몬스터의 데이트 상대로 함께 온 것이 아니라는 사실에 내가 느낀 엄청난 안도감에 대해서다.

그렇다고 몬스터가 내 타입인 것은 아니다.

무대 위 밴드가 첫 곡으로 〈티나를 위한 눈물〉이라는, 잘못돼 버린 사랑에 대한 짧은 창작곡을 연주하기 시작해서 대화를 더 할 수 없게 되었다. 버비나는 내 옆자리로 비집고 들어와 내 커피 스푼으로 박자를 맞추기 시작했다. 어느 순간, 버비나는 내게 몸을 기울이더니 내 귀에다 대고 외쳤다.

"나, 드디어 어딘가에 도착한 기분이야!"

흘낏 보자, 새라는 그럼 이제 꺼져 버리지 그래?라고 말하는 것 같은 표정을 하고 있다.

어떻게든 새라에게 다가가고 싶다는 생각이 들었다. 어깨를 살짝 부딪치거나(새라는 감정 표현을 크게 하지 않는 성격이지만, 가끔씩 다정하게 어깨를 부딪치는 것 정도는 괜찮다.) 공감의 미소를 지어 보이고 싶다. 갑자기 새라가 어딘가 슬프게 느껴졌기 때문이다. 불쌍해 보인다는 뜻이 아니라…… 뭐랄까, 길을 잃은 아이 같은 느낌. 말도 안 되는 것 같긴 하다. 확실한 장래 계획을 품은, 코트디부아르 카카오 농장의 아동 노동 착취에 반대하는 인상적인 캠페인을 벌이고 있는, 그리고 바로 지금 이 순간에도 우리 지역의 두 공민권 운동 영웅들을 기리기 위한 수백만 달러 규모의 시 차원 프로젝트를 계획하고 있는 아이에 대한 표현으로는 말이다.

하지만 그 모든 이유에도 불구하고, 나는 이번 가을을 동떨어지고 자신 없고 조금은 외로운 기분으로 보낸 것이 나 혼자만은 아니라는 생각이 들었다.

첫 번째 밴드의 공연이 끝나고 곧바로 한 여성 포크 가수가 무대에 올라왔고, 아름다운 활 모양으로 흔들리는 긴 구릿빛 머리카락을 얼굴에 드리운 채 (참신하게도) 잘못돼 버린 사랑에 대한 노래들을 불렀다. 나쁜 사랑에 대한 노래가 몇 곡 이어지고 가사 내용상 거의 성한 데 없는 시체가 되어 마지막 곡이 끝나자, 검은 티셔츠를 입은 남자들 떼거지가 무대 가까이로 다가가 환호성을 질렀다.

두 팀의 공연이 더 지나간 후, 제레미의 밴드가 올라왔다. 놀랍게도, 몬스터가 베이스 연주자였다. 왜 놀랐는지 나도 모르겠다. 몬스터는 원래 제레미 친구고, 오늘 베이스를 손에 들고 이곳에 나타났다. 그러고 보니 나는 몬스터와 알고 지낸 짧은 시간 동안, 몬스터가 기타 아닌 다른 악기를 연주하는 모습을 한 번도 본 적이 없었다.

오늘 몬스터는 멜빵 작업복을 벗어 버렸고, 머리는 평소의 꽁지머리로 묶인 대신 자유롭게 풀려 있었다. 빛바랜 블랙진에 닥터 마틴 신발을 신었고, 티셔츠에는 (난 이걸 보고 커피에 사레가 들렸다.) '평화를 사랑하는 촌놈'이라고 적혀 있었다.

"넌 왜 만날 사레들리고 난리야? 마실 때는 기도를 닫아, 제이니!"

하며 버비나는 내 등을 두드려 주었다.

옳은 충고 한 말씀에 고개를 끄덕이고, 나는 다시 무대를 본다. 몬스터의 베이스 연주는 모든 곡의 중심을 잡아 주고 있고, 짧지만 깊게 베이스 연주의 세계에 몸담은 사람으로서 나는 그가 실력 있는 연주자라고 분명히 말할 수 있다. 긴 한쪽 다리를 뒤로 뻗고 한쪽 다리는 앞으로 구부린 채, 그는 앞뒤로 몸을 흔들며 연주한다. 그 모습이 마치 허리케인 속에서 흔들리는 나무 같다. 땅속 깊이 뿌리를 내린 나무.

모든 관객들의 눈망울이 그를 향해 있다. 모두 어쩔 수 없이 시선을 빼앗긴다. 정교한 통제와 통제 받지 않은 힘 사이에서 줄타기를 하는 육척 장신의 남자에게, 믿을 수 없을 만큼 시선을 끌어당기는 무언가가 있다. 나는 몬스터가 갑자기 뿌리 뽑혀져 움직인다면, 흔들리는 그의 몸이 관객들 쪽으로든 뒤편의 벽돌 벽 쪽으로든 휙 내던져진다면 어떻게 될까, 하는 생각이 든다. 어느 쪽이든 아수라장이 될 것이다. 그를 보며 느껴지는 짜릿함은 위험의 가능성과 닿아 있다는 것을, 나는 알겠다.

몬스터 옆에 선 제레미는 매력적이고 소년 같은 모습이지만 결코 이 무대의 주인공은 아니다. 그럭저럭 연주를 하고 노래 실력도 나쁘지 않지만 제레미에겐 몬스터 같은 존재감이 없다. 새라를 흘끗 보니, 날 보며 어깨를 으쓱한다. 새라가 제레미를, 제레미에 대한 환상을 보낼 준비가 되었는지는 알 수가 없다.

이 밴드의 연주가 끝나자, 버비나는 일어서서 나를 테이블 바깥으로 끌어당겼다.

"가자, 제이니! 몬스터 선배한테 가서 얼마나 멋졌는지 말해주자!"

"너도 제레미 선배 보러 갈래? 잘했잖아."

새라에게 묻자, 새라는 고개를 저었다.

"난 제레미 선배 그렇게 잘 몰라."

지난 두 달 동안 쉬지 않고 제레미 피치를 지켜본 아이 입에서 나온 말이다.

"그리고, 제레미 선배가 보고 싶어 하는 건 어차피 제이니 너 같은데, 뭐."

"제레미 선배는 내 이름도 몰라. 어쨌든, 몬스터 선배는 네가 가서 인사하면 좋아할 거야. 아마 제레미 선배도 그럴 거고."

엠마 언니는 탁자 너머 자신의 여동생을 바라본다.

"연주 마음에 들었어?"

언니의 물음에 새라는 고개를 끄덕인다.

"나도 좋더라. 그럼 다 같이 가서 말하자. '멋진 연주였어. 우리가 너희 팬클럽 될게.' 하고."

새라는 주저하며 테이블 밖으로 몸을 밀고 나왔다.

몬스터와 제레미, 그리고 밴드의 다른 두 멤버 주위에는 사람들이 많다. 여자들은 제레미 주위를 둘러싼 채 시끄럽고, 남자들은 몬스터 주위를 잔뜩 둘러싸고 이구동성으로 '죽여주던데!' 한다. 우리의 작은 대표단을 발견하고 몬스터 얼굴에 활짝 미소가 번졌다.

"연주 어땠어? 좋았어?"

몬스터는 큰 소리로 물었고, 나도 하는 수 없었다.

"죽여주던데!"

몬스터는 팬클럽을 뚫고 우리가 서 있는 곳으로 왔다. 그는 손가락으로 날 가리켰다.

"너도 언젠가 곧 저 위에 설 거야."

"나 혼자? 베이스 연주를?"

"그럼, 인마! 베이스 솔로 공연은 전에도 있었어."

그가 나를 인마라고 부른 것에 약간의 실망감이 느껴졌다. 그렇다고 몬스터가 내 타입인 건 아니다.

몬스터는 새라에게 말했다.

"내가 너에 대해서 고민을 좀 해 봤어. 너한테 뭐가 딱 맞게? 아코디언!"

새라가 반발하려 하자 몬스터는 한 손을 들었다.

"너는 키가 작은 편인데, 아코디언은 딱 네 무게 중심에 맞을 거야."

"아코디언을 누구랑 연주할 수 있는데? 동네에 서커스단이라도 있나 보지?"

무척 회의적인 새라의 질문에 몬스터는 엠마 언니를 보며 말했다.

"어때, 엠마? 자매 밴드 생각 없어?"

엠마 언니는 마치 이것이 얼마나 미친 아이디어인지 결론 내려 노력하는 것 같았다. 개 풀 뜯어 먹는 소리라고, 언니의 표정은 말하고 있다.

하지만 그때 타드가 몸을 기울이며 언니의 어깨에 부드럽게
손을 얹었다.

"클레즈머 음악을 하는 거야. 어때? 넌 아마 타고났을 텐데."

엠마 언니의 표정이 밝아졌다.

"클레즈머 음악."

그리고 설레는 표정으로 말했다.

"나 클레즈머 음악 정말 좋아해."

타드가 팔꿈치로 언니를 가볍게 밀었다.

"맞지? 맞지? 내 말뜻 알겠지?"

"너 클레즈머 밴드 하고 싶어? 재미있을 것 같긴 한데."

엠마 언니는 새라에게 물었다. 아직은 100퍼센트 좋은 생각
이라 확신하는 것 같지는 않았지만.

"클레즈머 밴드?"

마치 제정신인지를 의심하듯 자기 언니를 보며 새라는 되물
었다. 하지만 그러면서도, 눈 속에 희미하게 깜박이는 빛이 있
었다. 엠마 언니와 뭔가를 함께할 기회!

"난 그게 뭔지도 모르는데."

새라의 대답에 놀라 나는 한 발 물러섰다. 새라가 모르는 게
있다. 게다가 모른다는 것을 스스럼없이 인정했다. 확실히, 변
화의 기운이 감돌고 있다.

“클레즈머 음악은 유태인들의 민속 음악이야.”

엠마 언니는 자신과 새라가 유태인 민속 음악을 연주하는 것이 세상에서 가장 자연스러운 일이라는 듯 말했다. 새라는 지적했다.

“우리는 유태인이 아니잖아. 천주교 신자잖아.”

“그게 뭐 어때서? 꼭 유태인이어야 그 음악 할 수 있다는 법칙은 없어.”

그때 언니 뒤에서 언니 어깨를 쓰다듬으며 타드가 말했다.

“‘나는 커다란 존재, 내 안에는 수많은 내가 있지.’21”

엠마 언니는 몸을 돌려 타드에게 환한 미소를 지어 보인다.

“아, 휘트먼. 뭘 좀 아는 시인이지.”

이때 버비나가 외쳤다.

“아! 그게 민속 음악이면, 제이니네 엄마가 여는 후트어쩌고에서도 연주하면 되겠다!”

“좋은데!”

엠마 언니는 후트어쩌고가 무엇인지에 대한 설명도 필요 없는 듯 외쳤다. 그리고 열의에 차 새라를 가리켰다.

“몬스터, 애한테 아코디언 하나 구해 줘. 내 것도.”

“알았어, 아는 분한테 부탁하면 돼. 혹시 또 아코디언 원하는 사람?”

타드와 버비나와 나는 정중히 사양했다.

테이블로 돌아와 타드 친구가 빈티지 재즈 밴드와 함께 구식 바이올린을 연주할 때를 기다리면서, 우리는 커피를 한 잔씩 더 주문했다. 커피가 나오자 엠마 언니는 컵을 들어 올렸다.

"셉티마 여사와 할런, 헤이즐 부부, 우리 곁의 영웅들을 위하여!"

"옳소, 옳소."

우리는 합창했다. 엠마 언니가 한 말을 전혀 알아듣지 못한 버비나조차.

타드는 다정하게 언니에게 팔을 두르고 언니와 건배했다.

"우리를 위해."

그러고는 테이블을 둘러보며 말했다.

"크게 살자."

우리는 모두 머그컵을 들어 올리며 따라했다.

"크게 살자."

나는 어깨로 새라의 어깨를 살짝 쳤고, 새라는 무릎에 커피가 흘렀는데도 화를 내지 않았다.

"옳소, 옳소."

새라는 말했다. 그리고 또 한 번 속삭였다.

"옳소, 옳소."

19

아메리칸 퀼트

타드처럼 나도 비폭력적인 사람이다. 나는 비폭력 가정에서 태어났다. 아빠는 뱀을 잡으려고 헛간에 도끼를 보관하지만, 그것이 내가 우리 농장 부지 내에서 아는 유일한 무기이다.

하지만 타이 코브가 일요일 아침 6시 52분에 나를 깨웠을 때, 나는 침대 밑에 엽총을 두고 살았더라면 아침 식사로 닭을 먹게 되었을 수도 있겠다는 생각이 들었다.

그냥 생각이 말이다.

지난밤 새벽 3시가 지나서까지 잠들지 못했지만 소용이 없다. 엠마 언니의 차를 타고 집에 도착한 것은 열한 시 반쯤이었지만 그 후로도 머릿속이 진정되지 않았다. 그래, 시즈에서 커피를 네 컵이나 마신 것이 그리 현명한 행동은 아니었는지도 모르지만, 설사 디카페인 커피를 들이켰다 해도 잠들기는 똑같이 어려웠을 것이다. 자유학교 이야기로 하루를 시작하고, 앞으로 듣게 될 클레즈머 음악 약속으로 하루를 마무리하고 나면, 잠들기란 어려울 수밖에 없다.

마당에 굶주린 독사가 있어서 타이 코브를 과거의 존재로 만들어 버렸으면, 하고 생각하며 이불 속으로 파고들었지만, 그런 일은 일어나지 않았다.

"알았다, 이 빌어먹을 수탉아!"

나는 닫힌 창문에 대고 외쳤다.

"일어났다고!"

힘겹게 침대에서 내려와 계단을 내려갔다. 에이버리는 식탁에 앉아 신문의 일요 만화를 엄마에게 읽어 주고 있고, 엄마는 불에서 시금치 염소젖 치즈 프리타타22를 만들며 듣는 척을 하고 있다. 자꾸 이상한 지점에서 "아, 재미있네!" 하고 추임새를 넣는 엄마에게, 에이버리는 "엄마, 재미있는 부분 아니거든." 하고 말하며 눈을 뒤집는다.

나를 본 엄마가 말했다.

"제이니! 오늘 오후를 어떻게 보낼지에 대해서, 나 멋진 생각이 있어!"

나는 거의 엉덩이가 미끄러질 뻔하며 의자에 앉았다.

"엄마, 아직 7시도 안 됐어. 왜 벌써 오후 이야기를 하는 건데?"

"퀼트 모임 어떻게 생각해?"

내 푸념에는 답하지 않은 채 이렇게 물으며, 엄마는 조리하던 달걀 냄비 속에 치즈를 으깨 넣었다.

"요 가까이에 있는 화이트 파인 감리교회에서 열린다고 해서 말이야. 누구나 환영한다는데!"

"엄마는 퀼트 할 줄도 모르잖아! 바느질도 겨우 하는 실력이면서."

"늘고 있거든. 이거 내가 만들었잖아. 맞아, 안 맞아?"

엄마는 허리에 두른 앞치마를 가리키며 물었다.

가장자리만 단을 접어 바느질한 사각형의 분홍색 캘리코 천에 허리끈 두 개를 떨어질듯 어설프게 달아 놓은 것이 그 앞치마다. 바느질은 삐뚤삐뚤하고 여기저기 실밥들이 늘어져 있다. 문제의 앞치마, 미완성의 넝마조각이다.

나는 고개를 끄덕였다.

"그래, 엄마가 만들었지. 그게 바로 내 말의 요점인데."

엄마는 상처 받았다는 눈길을 보내며 말했다.

"내가 바느질 재주를 타고나지 않은 건 사실일지 모르지만, 늘고 있단 말이야. 연습이 필요한 것뿐이야."

이제 나는 미안해졌다.

"그런 뜻 아니야. 엄마 말이 맞아. 그리고 난 엄마 앞치마 좋아. 천이 멋져."

엄마의 얼굴이 밝아졌다.

"그럼 너 나랑 같이 갈 거야? 누비이불 만들러? 에이버리도 갈 거야."

에이버리는 신문 너머로 나를 보며 방긋 웃었다.

"가자, 언니. 응? 재미있을 거야!"

나는 한숨을 쉬었다.

"뭐, 나한테 선택권이 있긴 하나?"

그리고 놀랍게도, 대답을 한 것은 아빠였다.

"아니, 없어."

"여보?"

엄마가 부엌 입구에 서 있는 아빠를 보았다. 우린 모두 아빠를 보았다. 아빠는 간섭하지 않고 물러나 있기로는 으뜸이다. 모녀 갈등에 끼어든 적이 없었다.

"난 이제 제이니가 가족에 다시 합류할 때가 됐다고 생각해. 꼭 우리는 모자라고 저만 잘났다는 듯이 행동하는 거, 이젠 지겨워."

아빠의 말에 나는 마치 따귀를 맞은 것 같았다.

"나만 잘났다고 생각하는 거 아니야."

한참 후에야 더듬거리며 말을 이었다.

"나는 그냥, 나는——"

"참 나, 제이니는 열다섯 살이야, 여보. 열다섯 살 여자애들이 어떤지 당신 몰라?"

엄마가 말했다.

"잘 몰라. 그렇긴 하지만 아무리 열다섯 살이라고 해도, 자기 엄마한테 가끔은 고운 말도 할 수 있는 거잖아."

엄마는 소리 내어 웃고는 아빠에게 행주 던지는 시늉을 했다. 마치 아빠가 부엌에서 내쫓고 싶은 성가신 파리인 것처럼.

"제이니가 열여섯 살 되기 전까진, 그런 거 기대하면 안 돼."

그리고 엄마는 나를 보았다.

"우리랑 같이 퀼트 하러 안 가도 돼, 제이니. 난 그냥 네가 바느질을 좋아하니까 재미있어 하겠다고 생각한 거야."

"갈게."

나는 조용히 말했다.

"그래, 잘됐네. 그럼 이제 밥 먹자."

아침을 먹고 염소들도 돌보고 나서, 나는 다시 침대로 들어가 11시까지 잠을 잤다. 막 샤워를 하고 수건에 몸을 감싼 채, 무엇을 입고 나갈까 생각하며 옷장 앞에 서 있는데, 에이버리가 내 휴대폰을 들고 내 방에 나타났다.

"내가 언니 전화 대신 받았어."

그리고 내가 화를 낼 틈도 없이 에이버리는 크게 속삭였다.

"남자야! 그리고 내가 아빠한테 이 남자 이름이 몬스터라고 말했더니 아빠가 그 이름 마음에 안 든다면서 언니 문 뒤에 서서 엿들으래. 그래도 엄마는 언니 사생활은 지켜 주라고 했어."

나는 전화를 받아들고 몬스터에게 말했다.

"지금까지 다 들었어?"

"다 적어 놨어. 너희 엄마 멋지신 것 같은데."

"우리 아빠는?"

"뭐, 아빠 같으시네."

딸을 과잉보호하는 세상의 모든 쿨하지 못한 아버지들을 생각하며, 우린 잠시 말을 잊었다. 아니, 어쩌면 내가 아무런 말을 생각해 내지 못해서인지도 모른다. 갑자기 내가 수건만 두르고 있다는, 몬스터와 공유하지 않은 그 사실이 너무 의식되었다.

"그건 그렇고, 금요일 연주실에서 네가 얼마나 베이스를 잘 쳤는지 말해 줄 기회가 없었네. 넌 리듬감을 타고났어. 그건 베이스를 제대로 연주하려면 필수적인 거야. 제대로라는 건 '클리프 버튼'처럼 제대로. 아님 '붓시 콜린스'처럼 제대로. 아니면 '마이크 와트'처럼 제대로라도 좋고. L.A. 펑크 음악 좋아한다면 말이야.”

“난 잘 모르겠어. L.A. 펑크라는 거 말이야…… 그리고 사실
방금 말한 거 전부 다.”

“그럼 내가 믹스 테이프 만들어 줄까? 대표곡들 뽑아서 녹음
해 줄 수 있어. 좀 더 넓은 스펙트럼의 훌륭한 베이스 연주들을
들어 봐.”

찬물 한 줄기가 내 목과 등을 타고 흘러내렸다.

“좋아. 고맙지.”

나는 수건을 끌어올리며 대답했다.

“그건 그렇고, 너 오늘 오후에 같이 연습할 생각 있는지 물어
보려고 전화한 거야.”

“그러고 싶은데, 못해. 엄마랑 같이 퀼트 모임에 가야 하거든.
왜냐고 묻진 마.”

“화이트 파인 교회에서 하는 거?”

나는 전화기를 귀에서 떼어 쳐다보았다. 어떻게 아는 거지?
퀼트 마니아인 건가, 신통력이 있는 건가?

“우리 할머니가 다니시는 교회가 거기거든. 퀼트를 미치도록
좋아하셔. 교회도 미치도록 좋아하시고. 일요일마다 날 억지로
데리고 가셨어. 우리 가족들의 내력을 생각하면 할머니가 미치
시지 않은 건 놀라운 일이야. 뭐, 절반쯤은 미치셨는지도 모르

지만, 그렇게 치면 누구나 절반쯤 미친 거고."

"거기 가서 할머니 찾아볼게. 너, 할머니랑 닮았어?"

나는 어서 옷을 걸치고 싶다는 바람으로 옷장에서 플란넬 셔츠를 꺼내며 물었다.

"나랑 똑같이 생기셨어."

"빨간 머리?"

"거기에 육척 장신. 한 덩치 하셔, 우리 할머니."

"약간 무섭게 들리는데."

나는 침대에 털썩 앉아 어깨 주위로 플란넬 셔츠를 끌어올리며 말했다.

"체격은 그러시지만 세상에서 제일 안 무서운 사람이야. 날 안다고 하면 아마 너한테 뭐든 퍼 주려고 할걸."

몬스터는 장담했다.

전화를 끊은 후, 그건 딱 몬스터 본인 얘기 같다는 생각이 들었다. 그러고 보니, 그 몬스터가 방금 내게 전화를 했다. 일요일 아침에. 무언가를 같이하자고 말하려고.

이 상황에 대해 기분이 어떠십니까, 제이니 고먼 씨? 기자가 내 얼굴에 마이크를 내밀며 묻는다.

노코멘트 할게요.

우리가 화이트 파인 감리교회의 회합실에 들어섰을 때 가장 먼저 내 눈에 띈 사람이 몬스터의 할머니였다. 찾지 못할 수가 없었다. 커다란 이불 틀 주위에 둘러앉은 여성은 대부분 하얀 머리에 몸집이 작고 화장지를 상비한, 흔히 생각하는 평범한 모습의 노부인들이었다. 하지만 몬스터의 할머니는 마치 근처에서 미식축구를 하다 나와 우연히 이곳에 발길이 닿은 사람처럼 보였다.

"어서 와요!"

입구에 서 있는 우리를 보더니 몬스터의 할머니는 놀랄 만큼 높은 목소리로 외쳤다.

"전부 퀼트 하러 왔어요? 자리 하나씩 잡고 편하게 앉아요."

"저는 주로 보고 배우려고 왔어요."

엄마는 이렇게 말하고는 내 어깨에 두 손을 올리고 나를 1미터쯤 앞으로 밀었다.

"여기 제이니가 대단한 재봉사예요. 퀼트는 많이 안 해 봤지만."

몬스터의 할머니는 나에게 손짓했다.

"그럼, 아가씨, 내 바로 옆에 앉아요. 나는 트레나야. 내가 퀼팅 바늘 어떻게 쓰는지 가르쳐 줄게. 아기처럼 살살 흔드는 법만 배우면 돼. 그게 다야."

나는 트레나 할머니 옆 의자를 당기며 말했다.

"저 몬스터 선배랑 알아요. 학교 후배예요."

트레나 할머니는 미소를 지으며, 좀 크긴 하지만 섬세한 손을 가슴에 얹었다.

"아, 우리 몬스터랑 친구구나! 사실, 나는 몬스터가 아니라 모니라고 부르지. 알겠지만, 몬스터는 정말 어처구니없는 이름이잖아. 그런 이름을 짓다니, 딱 그 애 부모다운 행동이야. 모니 아빠 에밋이 내 아들. 그놈 이야기는 하자면 너무 길기도 하고, 교회 성역 바로 옆에서 할 얘기가 아니야. 아니고말고."

그리고 할머니는 몬스터, 아니, 모니의 가족에 대한 모든 걸 내게 이야기했다. 넋두리 사이사이에 바느질에 대한 조언을 끼워 넣으면서 말이다.

"에드하고 나는, 아, 에드는 먼저 떠난 우리 남편인데, 에드하고 나는 아들 녀석을 제대로 키워 보겠다고 온갖 노력을 했는데 말이야. (그 바늘을 살살 흔들어야 해. 그 천 사이로 찔러 넣은 다음에 앞뒤로 조금씩 조금씩. 너무 긴장하지는 말고. 네 손가락을 찌르는 게 아닌 다음엔 찔러 망가뜨릴 거 아무것도 없으니까.) 그런데 녀석이 열일곱 전까지는 멀쩡하더니 여자들 꽁무니를 따라다니기 시작한 거야. (이제 그 실을 팽팽하게 당겨. 그래도 그 천에 주름이 잡히게 하지는 말고. 내 말 알아듣지?) 그리고 술도 마시기 시작하고 마리화나도 피웠어. 아이고, 정말 속이 썩어 문드러질 지경이었지."

"문제를 일으키셨던 적도 있었어요? 감옥에 간다든지 하는 일이요."

너무 꼬치꼬치 캐묻고 싶지는 않았지만, 그래도 궁금했다.

"아이고, 아니야. 그러진 않았어. 그 정도까지 말썽을 피운 적은 없어. 그저 쓸모없는 녀석이었을 뿐이지. 모니 어미도 똑같이 그 모양이었어. 그 둘이 어떻게 모니같이 훌륭한 아들을 키웠는지, 그건 나도 모를 일이야. 하긴, 모니가 대체로 나랑 같이 지내기는 했지. 그런데 지금 나는 건강이 안 좋아져서 양로원에 있거든. 그러다 보니 모니가 있을 곳이 없어."

"제 눈엔 건강해 보이세요. 굉장히요."

"당뇨병이라는 게 있어서인데, 그것 때문에 내 신장이 상했어. 일주일에 두 번 투석을 받아야 해."

탁자 건너편에서 엄마는 한 할머니에게 누비이불의 패턴과 바느질 기술에 대해 많은 질문들을 하고 있다. 에이버리는 가냘픈 80대 부인의 무릎에 앉아, 바늘을 천의 안과 바깥으로 움직이는 법을 배우고 있다.

"너는 화목한 가정에서 자라는구나. 딱 보면 알 수 있거든. 네가 그렇게 좋은 아이로 자란 건 당연한 거야. 미스터리는 바로 모니 같은 아이지. 내 생각에 걔는 그저, 타고나길 좋은 마음씨로 타고난 모양이야."

"굉장히 친절해요."

"물론이지."

그리고 할머니는 바느질을 향해 있던 눈길을 살짝 들어 나를
보았다.

"그 녀석을 차지하는 여자애라면, 누구든 행운아지."

"그렇게들 말하더라고요."

나는 눈길을 내 바느질에서 떼지 않고 말했다.

우리는 몇 분 동안 말없이 바느질을 했다. 이렇게 손수 물건
을 만드는 참다운 행사에 참여해서 벅차게 행복한 엄마의 기분
이 이불 틀 건너에서도 느껴졌다. 장담하건대, 내일 블로그에는
이곳 일이 실릴 것이다. 사실 이 생각을 한 지 2초 만에 엄마가
디지털 카메라를 꺼내들고 물었다.

"저기, 괜찮을까요?"

"어머나, 나 지금 꼴이 말이 아닌데."

"사진 찍을 줄 알았으면 이 누더기 같은 옷 말고 다른 옷을 입
고 왔을 텐데."

그리고 거의 같은 내용의 말들이 여기저기서 웅성웅성 나왔
지만, 그러면서도 다들 손으로 머리를 눌러 다듬고 가방에서 립
스틱을 꺼내고 있었다. 복잡한 바느질 기술을 설명하며, 윤기

나는 빨간 입술로 커다란 미소를 짓고 있는 할머니들을 엄마는
행복해하며 사진에 담았다.

"난 네 엄마 마음에 드는구나. 좋은 사람 같아."

트레나 할머니가 말했다.

"스마일!"

엄마가 방 건너편에서 날 보며 외쳤고, 나는 엄마를 향해 미
소 지었다. 엄마는 좋은 사람이니까. 나를 미치게 만들기는 해
도, 엄마는 잘하려고 그러는 것이다.

게다가 엄마가 만드는 시금치 염소젖 치즈 프리타타는 맛이
기가 막힌다.

참 멋진 그분

월요일 오후 도서관에 들어서니 우리가 늘 앉는 책상에 버비나가 앉아 있긴 한데, 누군가와 함께 있다. 금요일에 합주실에서 봤던 제이슨 아무개인가 하는 남자아이이다. 그리고 버비나는 간식 주머니에서 먹을 것을 꺼내 두지도, 가방에서 일기장을 꺼내 두지도 않았다.

"제이슨하고 나 학교식당에 갈 건데, 너도 갈래?"

다가가자 버비나가 이렇게 물었다.

"오늘 메뉴, 슬로피조야. 절대 놓치지 않는 게 좋을걸."

제이슨이 말했다.

나는 책상 위에 가방을 내려놓고 곰곰이 생각한다. 학교 식당에서 점심시간을 보낸다? 그 여러 달 동안의 (정확히는 두 달하고 반 동안의) 은둔 생활 이후에? 최소 두 명의 친구들과 함께, 노란 식판을 앞에 두고 정신없이 수다도 떨고, 운동부 아이들이 이리저리 던지는 냅킨이나 빈 우유 곽을 피하기도 하고? 지나가는 친구에게 손도 흔들고, 아는 아이에게 농담도 던지고?

마침내 나는 말했다.

"나 벌써 사물함 앞에서 도시락 먹었어. 너희 앞에 그냥 앉아 있기만 하면 바보 같아 보일 텐데."

그러자 제이슨이 말한다.

"나 아까 진지하게 말한 거야. 슬로피조 엄청 맛있다니까. 돈 없으면 내가 사 줄 테니까 나중에 되는 대로 갚아."

어쩌면 이렇게 거절할 수 없는 제안을?

식당 문으로 들어서기도 전, 내 기분은 외상 후 스트레스 증후군으로 인한 공황 상태에 빠지려 한다. 학기 초 이곳에서 보낸 점심시간들이 머릿속을 스친다. 작고 동그란 구석 식탁에서 혼자 밥을 먹던 그때. 나와 눈을 마주치는 아이들은 모두 내 농장 소녀 굴욕 사건들의 목격자들이던 그때. 히죽거리며 웃는 건 머리에 지푸라기를 얹은 나를 봤다는 뜻, 과장되게 종아리 긁는 시늉을 하는 건 체육 시간에 벌레 비료 발진이 오른 나를 봤다는 뜻.

다 지나간 일들일 뿐이야. 하고 생각하며, 나는 버비나와 제이

216

슨을 뒤따라 슬로피조를 타는 줄에 섰다. 맨빌 고등학교의 집단 기억에는 그때 이후 얼마나 많은 비극과 민망한 일들이 새로 채워졌을까? 열린 남대문과 옷 밖으로 삐져나온 브래지어 끈은 부지기수. 장 속의 가스가 공공연히 존재를 알리거나, 앞니 사이에 시금치가 끼거나, 입에서 고약한 박테리아의 향취가 풍기거나, 쉬운 질문에 바보 같은 대답을 하거나, 모두가 보는 곳에서 용기 낸 고백이 차가운 침묵으로 되돌아오거나. 비참한 일들은 그렇게 수없이 많았을 것이다. 나는 학기 초에 몇 번 운 없는 사고를 겪었을 뿐이다. 누가 기억이나 하겠는가? 우리는 식판을 들고 특별히 눈에 띄지도, 그렇다고 지나치게 구석지지도 않은 식당 중앙으로 갔다. 제이슨 말대로 놀랄 만큼 맛있는 슬로피 조를 다 먹은 후, 나는 의자에 기대 앉아 주위를 둘러보았다. 친구들과 행복하게 어우러져 있는 지금, 이곳은 그리 무서운 장소처럼 보이지 않는다. 그래, 솔직히 치어리더 애들의 식탁에 내 식판을 내려놓는 일은 그 애들에게서 음각 인쇄된 초대장을 받지 않는 한 없을 것이고, 체인 달고 가죽 옷 입은 아이들에게 괜히 다가가 포옹을 하지도 않을 테지만, 그 외에는 그리 무섭지 않다.

스쿨버스를 함께 타는 사차원남1이 우리 식탁 쪽으로 오는 것을 보고, 나는 미소를 지었다. 물론 그는 내 고교 생활 최악의

순간들 중 한 목격자지만 에이, 걱정할 거 뭐 있나? 늘 풀려 있
는 저 눈을 보라. 분명 그때를 기억조차 못——.

"스컹크 걸, 오늘도 식당을 악취로 채우고 있는 거야 뭐야?"

근처 식탁에 있는 몇몇 아이들이 고개를 돌려 나를 본다. 누군
가 스컹크 걸이란 말을 따라 하고, 망할 재잘거림이 오간다.

"아, 진짜 그때 너 신발 냄새 완전 장난 아니었는데."

그가 가까이 다가온다.

"염소 똥이랬지? 농장에서 사니까 치르는 어쩔 수 없는 대가
인가 보다."

그리고 그는 기타 치는 시늉을 하며 노래를 부르기 시작한다.

"'모두들 너에 대해 물었지. 농장에서. 소들도 물었지. 돼지
들도 물었지. 말들도 물었지.'"

그리고 그는 미소를 지었다.

"'리틀 핏' 노래잖아. 어쨌든 스컹크 걸, 너 오늘은 냄새 안 난
다. 그래도 진짜, 그날 아침에는 와——."

이제 더 많은 아이들이 우리를 보고 있고, 몇몇은 사차원남1
에게 내가 스컹크에게 방귀 발사를 당했는지, 아니면 내게서 자
연적으로 스컹크 냄새가 난 건지를 묻는다.

"우리 여기서 나가면 안 돼? 나 얼마나 더 견딜 수 있을지 모
르겠어."

내 부탁에 제이슨이 동정 어린 표정으로 말했다.

"내 가방 안에 맥주 있는데, 마실래? 좀 그러고 싶을 것 같아서."

나는 고개를 끄덕였다. 입학 첫날이었다면, 그때 누군가 내게 교내에서 맥주를 마실 아이로 보인다고 했다면, 나는 면전에 대고 웃음을 터뜨렸을 것이다. 미래의 총학생회장에겐 가당찮은 일이지. 절대 안 돼.

하지만 지금은 그것만이 내가 해야 할 일 같다.

그런데 자리에서 일어나려다 클레터스 밀러 씨가 생각났다. 92세까지 자신의 이름을 쓰는 법을 배우지 못했던 자유학교 학생. 아흔둘의 나이에 책상에 앉아 알파벳을 배운다고 상상해 보라. C 소리는 캣(cat)으로, L 소리는 레몬(lemon)으로 발음해 보고, 힘들여 그 글자들을 적어 본다고 상상해 보라.

그는 투표자 등록을 하러 가서 어떤 조롱을 당했을까? 아마도 스컹크 걸보다는 훨씬 심한 말이었을 것이다. 사람들이 무슨 소리를 지껄였건, 분명 무시하고 끝까지 자신의 이름을 적었을 것이다.

내가 9학년 생활에서 견뎌야 했던 일들이 클레터스 밀러 씨가 겪었을 일에는 비할 바가 아니라고 해도 무리가 없을 것이다.

"사차원남!"

내가 외치자 개똥 냄새와 염소똥 냄새를 한창 비교 설명 중이 던 그가 멈추고 나를 보았다.

"그만 좀 하지?"

나는 최대한 예의 바르고 비폭력적인 목소리로 말했다.

"뭐?"

그의 입이 떡 벌어졌다.

"입 좀 다물라고."

나는 의미를 명확히 했다.

"나 참…… 섭하다, 야."

사차원남1이 식당 출구로 가는 동안 제이슨이 물었다.

"아직도 맥주 먹고 싶어?"

"아니, 괜찮아. 슬로피조 하나 더라면 사양 안 하겠지만."

식판을 들고 다시 줄을 서려고 했을 때 식당 입구에, 길을 잃은 것 같은 모습으로 서 있는 사서 선생님이 보였다.

점심시간의 가장 충성도 높은 단골 두 명이 없어져서 불안했나? 나를 발견하고 손을 흔드는 선생님은 확실히 안도하는 듯 보였다.

"제이니! 아버지께서 방금 전화를 하셨어. 사실 교무실에 전화하신 건데, 누가 네가 도서관에 있을 거라고 얘길 해 줬는지 나한테 전해 주더라고. 네가 여기 온 걸 알고 찾으러 왔어. 아빠께 전화 걸어 드려."

"무슨 일인데요?"

식판을 빈 식탁에 내려놓으며, 나는 떨리는 목소리로 물었다.

사서 선생님은 손에 쥔 종이를 확인했다.

"응급 상황은 아니라고 전해 달라셨지만, 너한테 하실 말씀이 있대. 그리고 여기 아빠 휴대폰 전화번호. 네가 외우고 있지 않을 경우에 대비해서."

사서 선생님은 그 종이를 내게 건넸다.

"내 사무실에서 전화 써. 학교에서 휴대폰은 금지예요."

사서 선생님의 사무실은 도서관 뒤편에 있었다. 책이 여기저기에 높이 쌓여 있었고, 노란색 포스트잇으로 표시를 해 둔《퍼블리셔즈 위클리》와《학교 도서관 저널》들로 바닥이 거의 뒤덮여 있었다. 선생님은 잡지들을 집어 올리며 말했다.

"내가 길 터 줄게, 들어와. 지난봄에 예산이 삭감된 후로 이젠 여기 조수가 없어. 그리고 학교서 대신 이번 학기에 뽑아 준 학생 인턴은, (여기서 선생님은 괴롭단 표정을 지어 보였다) 책에도 여기 정리하는 데에도 전혀 관심이 없거든."

한 더미의 종이들을 책상 옆으로 치우고 선생님은 내게 의자를 권했다.

"외부 통화 하려면 9번 누르면 돼. 난 나갈 테니 편하게 통화

해."

전화를 받은 아빠는 제일 먼저, 엄마나 에이버리에게 아무 일도 일어나지 않았다고 나를 안심시켰다.

"그럼 염소들 중 한 마리인 거야? 설마 로레타 린한테 무슨 일 생긴 건 아니지? 오늘 아침에 좀 걱정이 됐어. 상태가 약간 쳐져 보였거든. 젖도 많이 안 나오——"

"할런 할아버지 소식이야, 제이니. 할아버지께서, 음, 할아버지께서 그러니까, 어젯밤에 떠나셨어. 돌아가셨어. 주무시던 중에. 오늘 아침 9시쯤에 양로원에서 나한테 전화로 알려 줬는데, 나한테 전화를 했던 여자분이 얘기하길, 할런 할아버지께서 너희들도 만나고 셉티마 여사도 뵈러 가서 얼마나 멋진 시간을 보냈는지를 어제 하루 종일, 끝없이 이야기하셨대. 할아버지 그렇게 행복해하시는 모습 정말 오랜만에 봤다고. 아무튼 너한테 알려 줘야 할 것 같아서 이렇게 연락했다."

"어, 알았어."

더는 긴 말이 생각나지 않았다. 아빠는 이해하는 것 같았다.

"토요일에 뵀으니까 충격 많이 받았겠지. 그렇지만, 너도 알다시피 연세가 아주 많으셨잖아. 89세셨고, 최근 한동안은 떠나실 때가 얼마 남지 않았다고들 했지. 할아버지는 멋진 인생을 보내셨고, 바라건대, 우리가 얘기하고 있는 이 순간에 다른 세계에서 할머니하고 다정한 시간 보내고 계셨으면 좋겠구나."

전화를 끊은 후 나는 가방 속을 뒤져, 마당에 서 있는 할런 할아버지와 집 한구석에서 훔쳐보고 있는 헤이즐 할머니를 그린 내 그림을 찾았다.

그 그림을 보니 힘이 났다.

조금은.

새라와 엠마 언니에게 얘기해야 한다는 생각이 났다. 비록 만난 지 하루밖에 되지 않은 사이라 해도, 할런 할아버지가 돌아가신 일은 두 사람에게 큰일일 것이다. 무척. 사무실에서 나가려고 일어서자 마치 무릎이 말을 듣지 않는 것처럼 갑자기 몸이 후들거린다. 할런 할아버지가 돌아가신 일은 나에게도 무척 큰일인 모양이다.

나는 복도를 걸어 새라의 사물함으로 간다. 한 걸음 뗄 때마다 점점 더 슬퍼진다. 할런 할아버지가 돌아가셔서 슬프고, 내가 너무 늦게 태어나 할런 할아버지, 헤이즐 할머니와 셉티마 여사의 자유학교를 도와드릴 수 없었던 것이 슬프다. 나는 열다섯 살이고, 크게 사는 방법을 몰라 슬프다. 나는 결코 그분들처럼 용기 있고 대단한 사람이 되지 못할 것이라 슬프다.

새라의 사물함에 다다랐을 때쯤, 내 인생이 의미 없다는 결론에 이를 지경이었다.

하지만 새라는 인생이 의미 있을 뿐 아니라 기막히게 멋진 것이라는 듯 껑충껑충 뛰고 있었다.

"아마 안 믿기겠지만, 몬스터가 나하고 언니 아코디언을 벌써 구해다 줬어! 어젯밤에 연주법에 대한 책 몇 권하고 같이. 우리 벌써 〈저 쇼윈도에 있는 강아지 얼마예요?〉 연주하는 법 배웠어!"

새라는 말을 멈추고 나를 보았다.

"너, 얼굴이 심하게 안 좋아. 무슨 일이야?"

나는 할런 할아버지의 일을 전했고, 새라는 사물함에 기대어 섰다. 눈물이 맺힌 채 새라는 말했다.

"정말 좋은 분이셨는데. 그래도 우리 언니한테 말을 해야 하는 건지는 모르겠어. 사실, 얘기 안 하는 게 훨씬 나을지도 몰라."

"말해야 해. 결국엔 알게 될 거야."

새라는 한숨을 쉰다.

"그건 그렇지만, 언니가 할런 할아버지 앞으로 우리 집에서 사시게 하려고 작전 짜고 있었단 말이야. 심지어 벌써 엄마도 반쯤 설득해 놨고."

"정말? 너희 부모님이 보시기엔 할런 할아버지가 너무 급진적인 인물 아닐까?"

"우리 엄마 아빠는 사회적 보수주의라기보다는 재정적 보수주의23에 가까워.”

새라는 사물함에서 수학 교과서를 꺼내고 문을 쾅 닫았다.

“사회적 문제들에 대해서는 꽤 열린 생각을 갖고 계셔. 뭐, 혼전 성관계만 빼고. 또 있다, 약물 사용도. 그리고 혼성 밤샘 파티도.”

엠마 언니는 미술실에서 철사를 꼬아 새장을 만들고 있다. 언니 옆 책상에는 머리를 깎이고 죄수복을 입힌 바비 인형 셋이 있다.

“주장을 담아야겠어.”

미술실 입구에 서 있는 우리에게 언니는 말했다.

“어떤 주장?”

내 물음에 언니는 어깨를 으쓱했다.

“아직 결정 안 했어. 어쨌든 A를 받으려면 주장을 담는 게 좋아.”

새라는 바비 인형 하나를 집어 들고 살펴보다 물었다.

“이거 혹시 내 거야?”

“지하실 상자 속에 한 백 개는 있던데. 네가 몸에 대해 늘 부정적인 생각을 갖고 본다면, 이유를 알겠다.”

나는 헛기침을 했다.

“언니, 할 말이 있어. 굉장히 나쁜 소——”

“할런 할아버지 돌아가셨어.”

새라가 끼어들어 그 소식을 내뱉어 버렸다. 너무 빨리 말해, 거의 “할런할아버지돌아가셨어.”였다.

처음에 언니는 아무 말도 하지 않았다. 언니는 창가로 걸어가더니 오랫동안 조용히 창밖을 내다보았다. 돌아섰을 때, 언니는 울고 있었다.

“젠장이다. 정말 너무, 너무 싫다.”

새라와 나는 고개를 끄덕였다. 언니의 요약이 정확했다.

엠마 언니는 책상으로 가 바비 인형 하나를 집어 들고 살펴보다가, 교실 바닥에 떨어뜨렸다. 그리고 의자에 놓여 있던 가방을 집어 들며 말했다.

“당장 나가자.”

“어디 가?”

이미 교실 밖으로 나간 언니를 나와 함께 허둥지둥 따라가며 새라는 물었다.

언니는 뒤돌아보지도 않고 대답했다.

“그냥 따라와. 내 차 교직원 주차장에 대 놨어.”

새라와 나는 마주 보고 미소를 지었다. 언니는 자기 차를 교직원 주차장에 주차해 놓았다.

이것이 우리가 알고 사랑하는 엠마 언니의 모습이다.

21

딱 걸리다

미술실에서 나온 내가 어떻게 맨빌 경찰서 감방까지 들어오게 되었는지는 설명하기가 좀 어렵다. 설명하기 더 어려운 것은 어떻게 셉티마 여사도 함께 들어왔느냐, 하는 부분이다. 나와 엠마 언니, 그리고 새라와 함께. 참, 몬스터도 함께.

몬스터가 얽힌 과정도 설명해야 할 것 같다.

만만치가 않겠다.

하지만 먼저, 교직원 주차장으로 나가 엠마 언니의 하늘색 폭스바겐 비틀에 타던 순간이 얼마나 끝내줬는지에 대해 이야기하고 싶다. 정말 간단했다. 아무것도 아니었다.

차에 도착했을 때 새라는 말했다.

"어떻게 여기에다 주차해 놓을 생각을 해? 견인될까 걱정 안 돼?"

언니는 조수석 문을 열어 주며 대답했다.

"점심시간 이후엔 늘 여기다 주차해. 5교시 이후로는 경비원들이 절대 점검 안 하거든. 집에 갈 때 빠져나가기 훨씬 쉬워."

나는 뒷좌석에 탔다.

"언니, 우리 어디 간다고 했지?"

벨트를 채우며, 아무렇지 않은 척 물었다. 이제껏 한 번도 학교를 빼먹은 적이 없는 내 가슴은 분당 백만 번쯤 뛰고 있는데도, 겉으로는 마치 대수롭지 않다는 듯 행동하고 있었다. 조금은 정신 나간 토끼 같은 기분이었다.

엠마 언니는 대답했다.

"아직 말 안 했어. 그런데 거기 가려면 네 도움이 필요해."

할런 할아버지의 집은 우리 학교에서 그리 멀지 않았지만 애써 찾지 않으면 눈에 잘 띄지 않는, 어느 외진 뒷길의 터에 지어진 작은 집이다. 앞마당에 '매매'라는 간판이 꽂혀 있긴 했지만 집을 사려는 사람들을 유혹할 만한 아무런 작업도 되어 있지 않았다. 아직 할런 할아버지 소유로 된 집이었지만, 할아버지가 그 집을 돌볼 수 없게 된 지는 이미 한참이었다. 할아버지가 예기치 않게 뇌졸중으로 요양원에 들어간 후, 집은 방치되었다. 잔디는 언제 깎았는지 알 수 없고, 정원은 반항하듯 마구 자란

잡초와 천수국으로 엉망이었다.

마당의 예술품 역시 철거되지 않았다. 나팔꽃에 뒤덮인 거대한 십자가. 50년 전 이 앞마당에 꽂히고 휘발유가 뿌려지고, 불이 붙었다. 자라는 꽃들에 뒤덮였어도 여전히 꽤 으스스한 느낌을 주었다.

자갈길을 걸어 그 집으로 다가가며 새라가 말했다.

"나라면 매일 저걸 보며 살아갈 수 있었을 것 같지 않아. 오싹해."

엠마 언니가 동의했다.

"백주 대낮 한가운데 놓인 악몽이지. 그렇지만 왜 저걸 그대로 두셨는지 알겠어. KKK단들에게 '할 테면 해 봐라!'라고 말하는 거나 다름없었어."

나는 멈춰 서서 신발에 들어간 돌멩이를 꺼내며 언니에게 물었다.

"그건 그렇고, 여기 우리 왜 온 거야? 집은 분명 잠겨 있을 텐데."

"그냥 보고 싶었어. 읽은 적 있거든. 너희 아버지가 멋진 글을 쓰셨어."

"우리 아빠가 쓴 글을 읽었어? 《서던 컬처》에 실린 글?"

언니는 고개를 끄덕였다.

"나 구독하거든."

"언니 《서던 컬처》 구독해?"

언니는 어깨를 으쓱하며 말했다.

"난 이것저것 다 구독해. 사람들이 무슨 생각 하는지 알고 싶어서."

그때 난 뭔가를, 뭔가 커다란 것을 깨달았다. 엠마 언니는 자유롭다. 그래, 그건 맞다. 하지만 내가 늘 생각해 왔던 방식으로는 아니다. 나는 오토바이 타는 남자친구와 통금 위반에 눈이 가려져 엠마 언니의 자유로움이 행동에 있지 않다는 것을 몰랐다.

엠마 언니의 자유로움은 머릿속에 있었다.

우리는 잠시 동안 발코니에 앉아 있었다. 가끔씩 일어서 창문으로 텅 빈 집 안을 들여다보기도 하면서. 그곳은 평화로웠고, 몇 분이 지나자 나는 학교를 빼먹은 일이 더는 불안하지 않았다. 우리는 결국, 무언가 중요한 일을 하려는 것이다. 할런 할아버지를 위해 뭔가를 하려는 것이다.

크게 살려는 것이다.

셉티마 여사를 찾아가자는 것은 새라의 생각이었다.

"할런 할아버지 소식, 아마 아직 모르실 거야. 신문 부고난에서 그 소식을 처음 본다면 끔찍하실 거야."

그래서 다시 차에 오른 우리는 맨빌 하이츠로 향했고, 셉티마

여사는 자수 가위를 들고 앞마당 산책로를 따라 잔디를 다듬고
있었다.

"손 좀 잡아 주련?"

엠마 언니에게 부탁한 셉티마 여사는 끙 하며 일어섰다.

"정원 손질할 날이 얼마 안 남았다고 생각하기는 싫지만, 아
마 조만간 이웃에 나 일으켜 세워 줄 사람이 없어서 마당에서 밤
을 새지 싶어."

셉티마 여사는 바지에서 잔디 조각들을 털어 내고 안경 너머
로 우리들을 유심히 보며 말했다.

"내가 전직 선생이다 보니, 너희 셋이 왜 이 시간에 학교가 아
닌 여기 있나, 하는 생각이 드는 구나. 1시 반이 넘질 않았을 텐
데."

그리고 엠마 언니가 그 나쁜 소식을 전했다.

그 농가로 가자는 것은 셉티마 여사의 생각이었다.

"지금까지 그 건물은 할런의 소유로 되어 있었어."

언니의 차를 타고 시내를 향해 달리며 셉티마 여사는 말했다.
컨버터블의 지붕은 머리가 헝클어지는 것이 싫은 셉티마 여사
의 의견에 따라 닫고 달렸다.

"자녀는 없으니까 그 집은 아마 할런의 조카들에게 상속될 거

고, 그럼 그쪽에선 아마 그 집을 팔려 하겠지. 그 땅은 꽤 값어치가 있으니까. 그 집이 옛 모습 그대로 있을 때 마지막으로 한 번은 봐야 해."

그 이후에 일어난 일들을 돌이켜 보면, 우리의 과잉 반응도 어느 정도 있었던 것 같다. 더 정확히 말하자면 새라의 과잉 반응이 말이다. 새라는 일요일 내내, 자유학교였던 그 농가를 박물관으로 만들 계획을 구상하며 보냈는데, 갑자기 그 집이 팔릴지 모른다는 소식을 소화해야 했던 것이다. 아마도 헐리고 그 자리엔 다른 건물이 들어설 것 같다는 소식을.

차가 축구장 근처에 다다랐을 때 새라는 말했다.

"그 집 팔면, 내가 살 거야."

엠마 언니는 물었다.

"네가 무슨 돈이 있어서? 수천 달러는 할 거야. 더 하거나."

"방법을 찾아낼 거야. 역사보전협회에 연락해 볼 거야."

그리고 새라는 앞좌석에 탄 셉티마 할머니에게 몸을 기울여 물었다.

"맨빌에 역사보존협회가 있는지 혹시 아세요?"

"응, 있는 걸로 알아. 그런데 내가 너라면 당장 서류 작성부터 할 거야. 어느 장소를 사적지로 지정하는 건 시간이 오래 걸린다고 알고 있거든. 어쩌면 시간이 부족할지도 몰라."

"시간을 만들어야죠."

그다지 그럴듯하지 않은 그 대답은 아마도 새라가 점점 판단력을 잃어가고 있다는 첫 번째 신호였을 것이다.

주차장에서 축구장까지 우리는 걸었고, 축구장에서는 시의 공원 관리소 직원들이 토요일 축구 경기로 생긴 쓰레기를 줍고 있었다. 축구장을 가로질러 가는 우리를 그들 중 몇몇이 빤히 쳐다보았지만, 여유 있게 손을 흔들며 "안녕하세요! 날씨가 좋네요!"라고 외치는 엠마 언니의 인사에 그들은 다시 일을 계속했다.

그 농가로 가는 길, 개울에 무너질 것 같은 다리가 걸쳐져 있었다. 조심조심 건너며 셉티마 여사는 말했다.

"예전에는 여기에 훨씬 튼튼한 다리가 있었어. 할런이 지은 다리였지. 할런은 뭔가 짓고 만드는 걸 참 좋아하셨어. 할런이 법학 학위가 있는 것도 난 참 좋았지만, 아마 목수가 되었어도 행복한 삶을 사셨을 거야."

나는 보자마자 그 농가를 알아보았다. 늘 보면서도 지나치고 마는 그런 집, 발코니가 있고 흰 칠은 벗겨지고 있는 작은 집이었다. 앞 창문의 유리는 깨어진 곳이 많았고 발코니로 올라가는 계단은 거의 썩어 허물어지고 있었다.

앞마당에 서서 그 집을 바라보며 셉티마 여사는 말했다.

"아, 슬프네. 집은 사람이 없으면 금방 낡고 허물어져 버리는 모양이구나."

새라가 조심스럽게 발코니를 딛고 서서 창문 하나를 들여다보았다.

"사람들이 이 안에서 파티를 했던 것 같아요. 맥주 캔도 많이 보이고 벽에 그래피티도 있어요."

새라는 앞문을 열려 했지만 잠겨 있었다.

"아마도 어떤 창문으로 들락날락했나 봐요."

엠마 언니와 나는 2층을 좀 더 잘 보려고 뒤로 몇 걸음 물러났다. 역시 왼쪽 끝 창문 하나가 30센티미터쯤 열려 있었다. 여섯 캔들이 맥주 통과시키는 데 딱 맞겠구나, 싶었다.

엠마 언니가 내게 물었다.

"자, 한번 해 볼까? 벽 좀 탈 준비됐어?"

나는 발코니와 지붕, 창문을 살펴보았다.

"사다리가 필요할 것 같은데."

"아니면 누가 받쳐 줘도 되지. 네가 내 어깨 밟고 올라가 봐."

이때, 새라가 외쳤다.

"내가 할게. 내가 창문으로 기어 들어가서, 핸드폰으로 사진 찍어서 입증 서류 준비 바로 시작할게."

이 여자아이는 언젠가 대통령이 될 것이다. 두고 보라.

둘 중 누군가의 목이 부러질까 봐 불안하지만 않았더라면, 나는 엠마 언니의 등으로 올라가 목마를 탄 후 언니의 어깨에 발을 디디고 일어서려고 노력하는 새라의 모습을 몹시 웃기다고 생각했을 것이다. 그건 마치 할 줄 모르는 두 광대가 대단한 묘기를 해내려고 노력하는 (그리고 계속 떨어지는) 모습 같았다. 하지만 서커스에서는 그 광대들이 결국 해내어 우리를 놀라게 한다.

이 자매의 묘기에서 날 놀라게 한 유일한 점은, 언니의 등 맨 위에 2초 동안 불안정하게 서 있다 땅으로 떨어지고도 새라의 무릎이 깨지지 않았다는 점이다.

새라는 바지에서 흙을 털며 말했다.

"아, 만만치 않네. 그래도 지붕에 닿기에는 어차피 키가 모자랐어. 아주 키 큰 사람이 필요해."

우리들의 고개는 모두 셉티마 여사에게로 향했고, 셉티마 여사는 즉각 고개를 저으며 우리에게서 물러섰다.

"어머나, 안 돼. 생각조차 하지 마라, 얘들아. 난 여든네 살이고, 그 어떤 대의를 위해서라도 내 척추를 희생시키지는 않을 거야."

그러자 엠마 언니는 턱을 긁으며 말했다.

"음, 우린 사다리가 없고, 여기서 키가 되는 유일한 분은 현명하게 거절을 하시고. 그럼 어떻게 하지?"

새라는 말했다.

"우리 들어가야 해. 못 들어가면 다음 주쯤에는 여기 맥도날드로 변해 있을 거라고."

엠마 언니와 셉티마 여사, 그리고 나는 함께 그 집을 한 번 쳐다보고 새라를 한 번 쳐다보았고, 새라는 인정했다.

"뭐, 그래, 맥도날드는 아니겠지. 대로에서 여기까지 오는 길이 좋지 않으니까. 그래도 내 말 뜻 알잖아. 적어도 맥아파트 정도는 생길 거야."

그리고 나는 당연한 말을 했다.

"우리한테 필요한 건 아주 키 크고 아주 튼튼한 사람이야. 미식축구 선수나 르브론 제임스24같은 사람."

이때 엠마 언니의 얼굴에 미소가 번졌다. 언니는 새라에게 말했다.

"전화기 내놔 봐. 누굴 불러야 할지 알겠다."

22

감방 블루스

"그러니까 그 몬스터 남자애가 왜 새라를 낡은 폐가의 창문으로 밀어 넣고 있었다고?"

엄마와 나는 웬델 트레드웨이 경사의 사무실에 앉아 있고, 나는 내가 어쩌다 감옥에 갇히게 되었는지를 엄마에게 설명하려 애쓰고 있다.

"새라가 사진을 찍으려면 안에 들어가야 했어."

나는 천천히 말했다. 이 이야기를 세 번째 들려주고 있는데도 엄마는 아직도 이해를 하지 못한다. 아마도 감옥 속 내 모습을 본 충격이 잠시 엄마의 머릿속을 헤집어 놓은 것 같다.

"그 집이 곧 허물어질 상황이어서, 빨리 작업을 해야 했거든."

"나나 너희 아빠한테 전화할 생각은 아무도 안 했어? 우리가 할런 할아버지 가족하고 연락할 길 알아내서 상의하게 도와줄 수도 있었잖아. 그런 생각은 안 했어?"

나는 이 순간을 엄마 머리 뒤 벽에 붙은 현상 수배 포스터를 구경할 기회로 삼았다.

"아니, 생각 안 났어."

나는 수상한 외모를 지닌 밥 스탁피시라는 수배범의 사진을 보며 말했다. 14개 주에서 무장 강도 혐의. 14개 주? 실력이 대단하다고 해야 하나?

"그냥 그 순간엔 그런 판단이 들었어."

"그래서 그 집 안으로 들어가기로 했는데, 아무도 지붕에 올라갈 수가 없었다는 거지? 그래서 그 몬스터 남자애한테——"

"엄마, 몬스터는 이름이야. 왜 자꾸 몬스터가 형용사인 것처럼 말해?"

"그래서 몬스터한테 전화를 했다는 거지? 그리고 몬스터가 와서 새라가 창문으로 집 안에 기어 들어갈 수 있도록 받쳐 줬다는 거고."

"사진을 찍으려고 그랬던 거야. 뭐 훔치거나 그러려고 들어간 게 아니고."

엄마는 한숨을 쉬었다.

"그리고 새라가 안에서 문을 열어서 다들 안으로 들어갔다고?"

"맞아. 그리고 집 안을 둘러봤어. 그런데 정말 좋았어. 그때 사람들 이름이랑 그 사람들이 배우면 좋을 기술을 적어 뒀던 기록장을 셉티마 할머니가 벽장에서 발견하셨거든. 엠마 언니는 인터뷰를 하고 싶어 해. 당시에 학생이었던 분들 중 아직 살아 계신 분들을 만——"

엄마가 한 손을 들었다.

"천천히. 그래서 경찰이 도착했을 때 무슨 일이 일어났다고?"

흐으음. 그때가 바로 일이 복잡해진 때인데, 정리하기가 좀 어렵다. 우리는 집 안에 들어가 그 공책들을 훑어보았고, 엠마 언니가 자유학교 학생들을 인터뷰하고 싶다는 생각을 셉티마 여사에게 이야기하기 시작했고, 새라는 휴대 전화를 들고 이 방 저 방으로 뛰어다니며 사진을 찍었고, 나는 이 모든 것들을 몬스터에게 설명하려 노력하고 있었고, 그러던 중 갑자기 누군가 문을 두드리며 커다란 목소리로 외쳤다.

"경찰입니다!"

"들여보내지 마!"

새라가 위층에서 외쳤다.

"나 아직 다 못했단 말이야! 문 막아! 창문도 막아!"

하지만 셉티마 여사는 문을 열고 인사했다.

"안녕하세요? 무슨 일이시죠?"

키가 작고 체격이 다부진 경찰관이 손에 무전기를 들고 서 있었다. 그의 뒤에도 이카보드 크레인25 닮은꼴 경연 대회 우승자가 분명해 보이는 경찰관이 빳빳하고 푸른 경찰복 차림으로 서 있었다.

"무단 침입을 하셨습니다. 공원관리소 직원들이 여기서 파티를 하는 훌리건들이 있다고 방금 신고 전화를 했거든요."

셉티마 여사는 한쪽 눈썹을 추켜올리며 물었다.

"제가 훌리건처럼 보이시나요?"

"아닙니다. 하지만 어쨌든 사유 재산에 무단 침입을 하셨습니다."

"저는 셉티마 브라운입니다."

셉티마 여사는 허리를 펴고 180에 가까운 키로 곧게 서서 말했다.

"여긴 내 학교예요, 젊은이. 난 무단 침입자가 아니라고요."

그 경찰관은 자신 뒤의 경찰관에게 돌아서서 말했다.

"시에 무전 연락해서 이 집이 누구 소유인지 알아 봐."

이때 새라가 갑자기 발코니로 달려 나가 셉티마 여사를 집 안으로 끌어당기더니 문을 쾅 닫고 잠가 버리지만 않았더라면, 아마 아무 일도 일어나지 않았을 것이라고 생각한다.

새라는 닫힌 문 너머로 외쳤다.

"우리가 하는 일 다하면 나갈 거예요! 그 전엔 절대로 안 돼요!"

이 부분에서 엄마는 믿을 수 없다는 듯 고개를 저었다.

"새라가 그랬단 말이야? 아니, 경찰관 면전에서 문을 닫아 버렸다고?"

"뭐, 셉티마 할머니가 다시 열게 하시기는 했어. 그래도 그 경찰관이 너무 화가 나서 우리를 체포해 버렸어."

"그리고 감옥에 넣었어? 그게 내가 이해가 안 되는 부분이야."

"경찰관 말로는 우리가 체포에 저항했대."

"저항했어?"

나는 고개를 저었다.

"경찰관이 굉장히 열 받았더라고. 엄마도 상상이 가겠지만."

트레드웨이 경관이 열린 문을 똑똑 두드려 자신이 왔음을 알렸다.

"숙녀분들, 괜찮으신가요?"

우린 둘 다 고개를 끄덕였지만 엄마는 우리 아직 얘기 안 끝났다, 라는 눈빛을 재빨리 쏘았다.

"네 친구 몬스터 군이 오해 없도록 모든 얘기를 정리해 주었고, 로즈 경관이 자기 면전에 문이 꽝 닫힌 이후에 과잉 대응을 한 것 같다고 시인을 했다. 고소는 없을 거고, 어머님과 집에 가도 된다. 그러면 남은 문제는 딱 한 가지뿐인데."

"문제라니요, 경관님?"

엄마는 예의 바르지만 힘 있는, 전직 기자의 목소리로 물었다.

"그게, 셉티마 여사께서 감방에서 나가지 않겠다고 하시네요. 이제 자신이 감방에 좀 있어야 할 때라고 하시면서."

엄마는 일어서서 경관의 책상 위에 놓였던 엄마의 가방을 집어 들었다.

"트레드웨이 경관님, 셉티마 여사께 저희가 이야기를 좀 드려 볼까요?"

경관은 안도하는 표정이었다.

"그럼 부탁드려도 될까요? 오늘 밤에 대학에서 콘서트가 하나 있습니다. 돔 경기장에서 하는 무슨 커다란 록 공연이라고 하는데, 그러면 술 취한 사람들이 잔뜩 돌아다닐 거거든요. 밤 11시 정도까지는 정말 그 감방 공간이 필요합니다."

셉티마 여사는 가방을 무릎에 올려둔 채 감방의 침대에 앉아 있다. 그리고 웃고 있다.

"어서 와! 들러 주었으면 하고 바랐는데! 난 오늘 밤 여기서 지낼 테니까, 날 보석으로 빼낼 생각은 하지 말라고 얘기할 작정이었지. 제발, 생각조차 하지 말아요.”

“그래도 할머니, 풀려나셨어요. 이제 가셔도 돼요.”

“내가 감방에서 나가기를 거부하면, 그 죄목으로 날 체포해야 할 거야. 이러나저러나 난 여기 있을 거라고. 할런을 위해서. 그리고 마틴과 메드거와 패니 루 해머를 위해서.”

그리고 할머니는 내게 물었다.

“패니 루 해머가 누군지 알아?”

나는 고개를 저었다. 하지만 엄마가 대답했다.

“패니 루 해머는 1963년에 의회 앞에서 자신이 미시시피 감옥에서 어떤 처우를 받았는지를 증언하신 분이야. ‘학생 비폭력 조정 위원회’의 지도자셨고 민권 운동의 영웅이셨어.”

나는 엄마를 빤히 보았다. 셉티마 여사는 웃으며 손뼉을 쳤다.

“정확히 맞아요! 아, 왜 모두가 이걸 알지 못할까?”

할머니는 우리에게 몸을 기울이고는 속삭였다.

“또 하나의 학교를 열까 생각 중이에요.”

“글 읽고 쓰는 거 가르치시게요?”

나는 물었다.

“아니, 패니 루 해머가 누구였는지 아이들한테 가르치는 학교 말이야. 오늘 밤 여기 내 감방에 앉아서 그 계획을 세울 거야.”

“그럼 아침에 보석으로 나오시게 해도 될까요?”

엄마가 물었다.

“네, 그럼요. 그래 준다면 고맙겠어요.”

셉티마 여사는 미소를 지었다. 그리고 콧노래를 부르기 시작했고, 〈가거라, 모세〉의 선율이 복도를 타고 우리를 따라왔다.

엠마 언니와 새라는 경찰서 밖에서 부모님과 함께 서 있다. 몬스터는 도로 연석 옆에서 휴대폰으로 누군가와 이야기를 하고 있다. 나와 엄마가 경찰서 정문 계단을 내려오는 것을 보더니 몬스터는 손을 흔들었다.

“저 애가 그 유명한 몬스터구나. 멋있다. 덩치는 굉장히 크네.”

엄마는 내게 속삭였다. 그리고 새라의 부모님에게 갔다.

“헨리, 엘라, 여기서 만나니 반갑네요!”

새라의 부모님은 연신 사과를 했다.

“아, 정말 어떻게 말을 해야—— 엠마는 원래 그랬던 거 제이니 엄마도 알았겠지만, 새라한테 무슨 일이 생긴 건지 우리도 정말—— 우린 정말이지 너무——”

말을 맺지 못하는 두 사람에게 엄마는 그만하라고 손짓했다.

“애들이 자유학교에 관심이 있다니까 좋은데요, 뭘. 분명 너무 멀리 나아간 면은 있지만, 얘들이 중요한 일에 대해서 열정을 품고 있으니까 전 기뻐요."

새라는 우리 엄마를 보고 방긋 웃었다. 엠마 언니는 내게 윙크를 했다. 새라의 부모님은 여전히 좋지 않은 표정으로 모퉁이에 주차한 차로 딸들을 떠밀었다.

"쟤들 외출 금지 당했을까?"

엄마의 물음에 나는 대답했다.

"응, 최소 평생 동안. 아님 더 오래."

그때 우리에게로 다가온 몬스터가 말했다.

"저, 제가 번거롭게 해 드리기는 싫은데, 혹시 제 트럭까지 좀 태워다 주실 수 있을까요? 할머니께 전화로 부탁을 드려 봤는데, 지금 노인 복지관에서 하시는 카드 게임이 막 달아오르는 중이라고 하시네요."

"당연하지."

그리고 엄마는 시계를 보더니 놀라 눈을 크게 떴다.

"세상에, 이렇게 늦었는지 전혀 몰랐네. 그냥 우리 집에 가서 저녁 먹고 가지 그래, 몬스터? 오늘 파란만장한 오후를 보냈잖아. 엄청 배고플 텐데."

"네, 배는 좀 고프네요."

엄마는 내게 고개를 돌리더니 눈썹을 씰룩씰룩했다. 나는 뭐?

눈썹은 왜 그렇게 씰룩씰룩하고 난린데?의 의미로 어깨를 으쓱했다. 엄마는 내 눈썹 씰룩거림이 무슨 의미인지 다 알면서 모르는 척하기는, 하는 의미의 미소를 지었다. 나는 아니, 아니. 엄마가 왜 눈썹 씰룩거리는지 모르겠거든. 엄마가 왜 눈썹 씰룩거리는지 알고 싶지도 않거든, 의 의미로 격렬하게 고개를 저었다.

몬스터가 혼란스러운 표정이었다.

"저한테 무슨 하실 말씀들 있으세요?"

"아니!"

나는 너무 큰 목소리로 외쳤다.

"딱히 없다고."

몇 단계 볼륨을 낮춰 덧붙였다. 엄마가 둘러댔다.

"아니, 이 엄마가 좀 이상하게 굴어서 그래. 첫째 아이를 감옥에서 꺼내 온다는 게 보통 일은 아니잖아."

"엄청난 일이죠."

몬스터가 맞장구를 쳤다

"가자, 애들아. 가서 밥 먹자."

엄마는 차를 향해 걸으며 말했다. 그러고는 몬스터에게 물었다.

"몬스터, 집에 가서 닭 한 마리만 잡아 줄래?"

"저——"

몬스터의 표정이 순식간에 창백하다.

엄마는 웃음을 터뜨렸다.

"농담이야. 사실 페스토 소스26 만들까 생각하고 있었어."

몬스터가 내게 말한다.

"여태 나는 우리 부모님이 이상하다고 생각했어."

"그분들은 적어도 블로그는 안 하시잖아."

23

로레타 린:

러브 스토리

몬스터와 로레타 린은 만나자마자 무언가가 통했다.

"나는 이렇게 개성 있는 염소가 좋더라."

몬스터는 로레타 린의 높은 코를 문지르며 내게 말했다.

"재미있는 시간 보내기 좋아하는 염소 말이야. 염소들은 대체로 지나치게 심각하거든."

"좀 생각이 많기는 하지."

엄마는 부엌에서 페스토 소스를 만들기 위해 바질과 잣을 갈고 있다. 아빠와 에이버리는 헛간에서 닭들을 돌보고 있다. 몬스터는 내 이해력을 넘어서는 이유로, 나를 도와 염소젖을 짜겠다고 했다.

"염소로 시작해서, 다음엔 소로 올라가려고 생각했어. 그 다음에는 아마 무스."

나는 내가 염소젖 짤 때 앉는 작은 의자를 몬스터를 위해 놓아 주었다.

"무스젖은 들어 본 적이 없어. 맛있을 것 같은데."

"일본에서는 널리 먹는데."

몬스터는 의자에 앉으며 말하더니, 젖을 많이 짜려면 해야 한다고 내가 알려준 대로 로레타 린에게 아첨을 하기 시작했다. 로레타 린의 귀에 대고 몬스터는 소곤거렸다.

"넌 참 고운 염소구나. 너처럼 예쁜 염소는 여태껏 본 적이 없어."

로레타 린은 몬스터의 목에 코를 비볐다. 녀석, 홀딱 반해 버린 것이다. 박자를 맞춰 가며 젖을 짜게 된 후, 몬스터는 날 올려다보며 미소를 지었다.

"넌 진짜 물건이야. 아직 고1이면서 벌써 무단 침입으로 고발도 당하고, 더 대단한 건 너만의 염소 떼가 있잖아. 넌 가능성이 무궁무진해."

"무슨 가능성? 최고의 염소 목동이 될 가능성?"

"글쎄, 응. 그리고 심각한 범죄자가 될 가능성."

"이야, 고마운데."

나는 상냥하게 웃었다.

몬스터는 다시 염소젖 짜기를 계속했다. 잠시 뒤, 몬스터는 일어나 염소젖으로 가득한 양동이를 보여 주었다.

"누가 보면 나 농장에서 태어나서 큰 줄 알겠지, 어?"

"그러겠네."

그리고 갑자기 몬스터가 내게로 몸을 기울였다. 그는 미소 짓고 있다. 한 손을 내 어깨에 올린다. 그리고 내 눈을 바라본다.

나는 공황 상태에 빠졌다. 무슨 일이 일어나는 거지? 나는 무슨 일이 일어나길 바라는 걸까? 일어날지도 모를 일들을 생각하며 가슴이 두근거렸다.

나와 몬스터?

난 줄곧 이걸 원했나?

갑자기 나는 8학년 시절과 그때의 내 짝사랑 마크 로버츠가 떠올랐다. 마크는 항상 빗질이 제대로 안 된 짧은 갈색 머리에, 어린아이처럼 보이게 만드는 줄무늬 티셔츠를 입었다. 나는 그 애가 똑똑하고 재미있어서 좋았고, 다른 8학년들과 달라서 좋아했다. 그 애는 브래지어 끈을 당기지도, 복도에서 친구들과 모여 있지도, 지나가는 여자애들 외모에 점수를 매기지도 않았다. 마크는 대체로 책을 읽거나 오랜 단짝 친구인 크리스천과 함께 시간을 보냈다.

나와 마크 사이에는 아무 일도 일어나지 않았다. 새라는 마크에게 8학년 댄스파티에 함께 가자고 하면 내가 좋아할 거라고 넌지시 일러 주었지만, 마크는 그 주말에 부모님과 워싱턴에 있는 국립항공우주박물관을 관람하러 간다고 새라에게 답했다. 마크는 그런 아이였다. 사실 나는 그래서 마크를 좋아했다. 아직 소년이라서. 내가 아는 다른 8학년 남자애들은 소년에서 다른 무언가로 변해 가고 있었다. 범죄자들, 거들먹거리는 껄렁이들, 징글징글한 짜증 유발자들로.

몬스터를 올려다보며, 나는 몬스터가 어른이 되어 가고 있다는 생각이 들었다. 그는 자신만의 집이 있고, 트럭이 있고, 일을 한다. 키가 크고 힘이 세고, 친절하다. 그리고 조금은 거침없다. 좋은 방향, 그리고 따뜻한 방향으로.

그러고 보니 세상에서 내가 제일 좋아하는 염소 옆에 서 있는 그는, 내게는 넘치는 사람이다.

우리는 아직도 마치 멈출 수 없는 것처럼 서로의 눈을 바라보며 서 있다.

그리고 그때 몬스터가 멈췄다. 그는 눈을 깜빡이고 한 걸음 뒤로 물러났다.

"있잖아, 네 나이가 몇 살 더 많았더라면, 아마 너 많이 좋아했을 거야."

나는 고개를 끄덕였다.

"나도."

키스는 짧았고 아주 달콤했다. 우리는 서로에게서 물러났다.

"그래도 우리 로큰롤 연주는 계속 같이할 수 있어. 그건 변하지 않아도 돼."

몬스터는 약속했다.

"그리고 우리한테는 언제나 파리가 있잖아.27"

나는 말했다.

우리는 집 뒷문을 향해 걸었다. 염소젖 양동이를 둘 사이에 들고 흔들거리면서. 나는 우리의 나이 차이가 대수롭지 않게 느껴질 언젠가를 상상한다. 할런 할아버지도 헤이즐 할머니보다 여덟 살이 많았다는 걸 기어코 떠올린다.

두 분이 지금 이 순간 어디든 함께 있었으면 좋겠다. 어쩌면 살던 집의 발코니에서 풀들이 멋대로 가득히 자란 앞마당을 바라보며, 매년 봄 그 불탄 십자가를 타고 오르던 나팔꽃을, 거기 그냥 둔 십자가가 자연의 손길 속에 저절로 작품이 되어 가던 모습을 다시 떠올리고 있을지도 모른다.

질문이 떠오른 것은 그때였다. 그 집이 팔리고 나면 그 십자가는 어떻게 될까?

그 느낌이 다시 온 것도 그때였다. 무언가를 하고 싶다는 느낌. 무언가 의미 있는 일을, 커다란 일을 하고 싶다는 느낌.

나는 몬스터에게 우리 집 뒷문을 열어 주며 말했다.

"우리 아빠가 선배 트럭까지 태워다 줄 때 나도 같이 갈게. 트럭 타고 나랑 어디 좀 가자."

"졸업 무도회? 나 너한테 미리 말하는데, 내 턱시도는 세탁소에 있고 나는 왼발이 두 개야."

"졸업 무도회보다 훨씬 재미있는 곳."

"흥미로운데."

몬스터와 내가 할런 할아버지의 집에 도착했을 때는 거의 9시였고 하늘은 별들로 눈부셨다. 그 십자가는 달빛 아래 세워져 있었고, 시든 나팔꽃의 갈색 덩굴들이 여전히 달라붙어 있었다.

나는 몬스터와 트럭에서 내리며 말했다.

"내가 왜 삽 두 개를 가져왔는지 궁금하겠지. 사실 내가 여기서 뭘 하려고 그러나, 궁금할 거야."

"너희 집에서 출발한 이후로 내가 열일곱 번 너한테 물었으니까, 꽤 정확도 높은 추측이야, 제이니."

몬스터는 도구들을 내리러 트럭 짐칸으로 손을 뻗었다.

"우린 저걸 파내서 우리 집으로 가지고 갈 거야."

하고 말하며 나는 십자가를 가리켰다. 그 십자가를 발견한 몬스터는 몇 걸음 뒤로 물러섰다.

"와, 나 경고하는데, 자기들의 성유물을 파내기 시작하면 저기 침례교도들 들고 일어나."

"여기 교회 아니야. 여긴 할런 할아버지 집이야. 저건 KKK단이 불 지른 십자가고. 할런 할아버지가 이걸 그냥 여기 내버려두셨어. 그렇지만 이 집이 팔리자마자 새 주인들은 이걸 당장 철거하려고 할 거야. 이게 예술이라는 걸 이해하지 못할 거야."

"아마도 대신 요정 석상 몇 개 세우겠지. 그러는 게 꼭 나쁘다는 건 아니고. 그걸 세우면 토요일마다 잔디를 깎지 않을 수 없을 테니까."

우리는 십자가로 다가갔고, 십자가의 높이는 적어도 3미터는 되는 것 같았다. 올려다보며, 몸에 전율이 흐르는 것을 느꼈다.

"십자가를 파내는 거 신성 모독일까? 아님…… 이상한 짓일까?"

나는 우리가 하려는 일에 의심이 들기 시작해 이렇게 물었다.

몬스터는 잠시 생각하다 답했다.

"음, 이러나저러나 어차피 파내지지 않을까? 아마 할런 할아버지가 돌아가셨으니까 어느 정도 권리가 있는 부동산 쪽에서 파내려고 할 거야. 마당 잔디에 서 있는 불탄 십자가가 집 파는 데 도움이 된다고 할 수는 없잖아. 그러니까 파내져서 덤프트럭에 던져지고, 다시 쓰레기 매립지에 던져지겠지. 우리가 파내서 기념비 같은 걸 만드는 것보다 그렇게 되는 게 더 신성 모독 같은데."

그래서 우린 파기 시작했다.

다른 사람들이 3미터짜리 불탄 십자가를 어느 앞마당에서 파내는 데 시간이 얼마나 걸렸는지는 모르겠지만 우린 꽤 걸렸다. 땅을 판 지 5분쯤 지나 나는 장갑을 가져오지 않은 것을 심각하게 후회했다. 손바닥 전체에 조그만 물집들이 입체 지도처럼 돋아나는 것이 느껴졌다.

나는 삽에 기대어 거칠게 숨을 쉬며 말했다.

"있잖아, 선배가 정말 날 생각한다면 말이야, 날더러 좀 쉬라고 하고 남은 거 마무리할 텐데 말이야. 내가 깜박하고 말 안 한 것 같은데, 난 연약한 꽃이거든."

"음…… 그래, 너 냄새는 좋아."

몬스터는 계속해서 땅을 파며 대답했다.

"그런데 필요한 상황에서 어느 정도의 마당 일도 무리라고 판단하기엔, 네가 베이스를 너무 쉽게 휘둘러."

그의 말이 맞았다. 이제 겨우 몇 주 베이스를 쳤을 뿐인데 벌써 내 이두박근에 변화가 보인다. 나는 다시 땅을 팠다.

돌덩이가 많은 그 땅을 충분히 파고, 조심스레 십자가를 꺼내 마당에 누이는 데는 45분이 걸렸다. 나는 그 옆에 무릎을 꿇고,

불에 타 새까매진 부분에 손을 댔다. 사악하게 느껴졌다.

몬스터는 그 새까만 부분에서 내 손을 당겨 치우며 말했다.

"그렇게 큰 미움에 대해 할 수 있는 건 단 한 가지뿐이야. 더 큰 사랑으로 맞서는 거. 네 친구 할런 할아버지처럼."

"그리고 헤이즐 할머니도. 그리고 셉티마 할머니도."

하고, 나는 덧붙였다.

"큰 사랑은 말이야,"

몬스터는 나를 일으켜 세우며 말했다.

"큰 미움을 이겨, 매번."

우리는 그 십자가를 끌고 가 트럭 뒤에 조심스레 실었다.

그리고 내 인생 가장 이상하고 아마도 가장 멋진 그날은, 몬스터와 함께 어둠 속을 달리며 그렇게 마무리되었다. 우리가 탄 트럭에는 불탄 십자가가 실려 있고, 우린 라디오에서 흘러나오는 노래를 따라 부른다. 나는 가사도 모르지만 상관하지도 않는다. 그저 계속 노래 부른다.

24

꿈의 들판

어떤 여자아이들은 성년을 맞아 사교계 파티의 주인공이 된다. 유태인 여자아이들은 바트미츠바28를 치른다. 운 좋은 한국 여자애들은 관례라는 의식으로 성년이 되는 것을 축하한다.

나는, 후트내니를 치른다.

우리나라 참 좋다.

후트내니 중의 후트내니가 오늘 밤 열리고, 내일은 내 생일이다. 열여섯 살이 되는 생일.

"네 낀세아녜라29를 치러야 해."

엄마는 오늘 아침 내게 말했다.

"웃긴 건, 처음 후트내니 계획했을 땐 그 생각을 못했다는 거야. 후트내니가 토요일이란 것도 알았고, 네 생일이 그 다음 날이라는 것도 알았는데, 네가 열여섯 살이 된다는 건 어젯밤에 생각이 났어. 여자아이한테 특별한 생일인데."

"엄마, 난 멕시코 소녀가 아니야."

우리는 아침 식탁에 앉아 프렌치토스트를 먹고 있다. 해가 7시 10분까지는 뜨지 않았으니 일어나 아침을 먹기에 지나치게 이른 시간도 아니다. 물론 따뜻하고 포근한 침대 속보다 아침밥이 더 좋은 것은 아니지만, 농장 세계에 살면 먹을 수 있을 때 먹어 두어야 한다.

엄마가 몸을 뒤로 기대고 커피를 한 모금 마시고 말했다.

"그럼 네 이 중요한 생일을 어떻게 축하할까?"

"후트내니를 열지 않는 걸로 축하해 주면 어때?"

나는 제안했다.

"후트내니를 열지 말라고?"

엄마는 경악한 표정이었다.

"제이니, 이건 올해 최고의 친목 행사가 될 거야. 네 친구들도 다 올 거라고. 새라랑 엠마랑 몬스터랑 버지니아——"

"버비나."

"그래, 버비나. 그리고 셉티마 할머니랑 몬스터네 할머니랑 그 누비이불 만들기 모임 할머니들도 전부 초대했단 말이야."

"사서 선생님도 잊지 마, 엄마. 우리 농사짓는 사서 선생님."

엄마는 내 접시에서 프렌치토스트 한 조각을 포크로 찍어
갔다.

"쥐가 닭을 잡아먹었다는 건 참 안타까운 이야기야. 그래도
내가 우리 농장 페이버롤 암탉들 중 한 마리를 주기로 약속했어.
다들 덩치가 큼직해."

나는 오렌지 주스를 마지막으로 꿀꺽꿀꺽 마신 후 일어섰다.

"그럼 난 이만 실례. 염소들 돌보러 가야 해서."

"그러면 네 낀세아녜라는 어떡하고?"

하고 외치는 엄마에게, 나는 계단을 올라가며 어깨 너머로 대
답했다.

"멕시코시티 가서 할까? 거기서 하면 약간은 말이 되잖아."

농장 청바지와 '평화를 사랑하는 촌놈' 티셔츠로 갈아입고,
나는 서둘러 염소 우리로 향한다. 난 할 이야기가 많고 내가 그
이야기들을 털어놓고 싶은 아이, 아니, 염소는 로레타 린이다.
팻시 클라인과 키티 웰즈가 엿듣는 것이 분명해도 난 개의치 않
는다.

"우리 발표 엄청나게 성공했어. 잘됐지?"

나는 물통에 들어간 지푸라기를 걷어 내며 말했다.

"제일 좋았던 부분은 교실에 셉티마 여사를 모셔서 직접 이야
기를 들었던 부분이야. 우리 발표 주제에 헤이즐 할머니뿐 아니

라 셉티마 할머니도 포함하기로 한 거 내가 얘기 했나?"

로레타 린은 눈을 크게 떴다. 로레타 린에게 이건 새로운 소식이다.

"어, 그랬어. 그래야만 한다고 생각됐어. 자유학교를 열자는 생각을 한 건 셉티마 할머니였잖아. 그리고 엠마 언니가 멀티미디어 프레젠테이션을 도와줘서, 새라가 찍은 자유학교 건물 사진이랑 우리 아빠한테 이야기하는 할런 할아버지 목소리, 할런 할아버지네 마당에서 촬영한 영상들, 전부 보여 주고 들려줬어. 진짜 멋졌어."

로레타 린이 묻는 것 같은 투로 매애, 울었다.

"당연히 A 받았지. 그걸 꼭 말해 줘야 알아? 발표 끝나고 나니까, 모리슨 선생님하고 말리 벡스터 둘 다 울고 있었어. 아아, 정말 좋았어. 그리고 말이야, 수업 끝난 후에 월러스가 새라한테 데이트 신청하고, 새라가 받아 줬어."

이 소식에 팻시 클라인과 키티 웰즈는 머리를 부딪쳤다. 그 소식은 나에게도 충격이었다. 나는 월러스에게 말하는 능력이 있는지조차 몰랐다. 하지만 알고 보니 일단 입을 열면, 뜻을 아주 분명히 표현하는 남자아이였다.

"네 휴대 전화 종류 뭐야? 네가 찍은 그 학교 사진 진짜 좋던데."

월러스의 질문으로 대화는 시작되었고 어느새 월러스는 수요일에 새라를 시의회 회의에 바래다주기로 했다. 웬 우연인지, 알고 보니 월러스는 시의회 회의에 빠짐없이 참석해 왔고, 새라에게 지역 정치의 상세한 이모저모를 알려 주고 싶은 열의가 가득했다.

하늘에서 맺어 준 짝일지도 모르겠다.

"그리고 말이야, 수업 끝나고 내 사물함 앞에서 누가 기다리고 있었게?"

로레타 린은 마치 누구였는지 정확히 안다는 듯 히죽 웃었다.

"아니야, 몬스터 선배 아니었어."

로레타 린의 히죽거림을 히죽거림으로 받아쳤다.

"제레미 선배였어."

로레타 린은 놀라 입을 다물었다.

나 역시 놀라 말이 막혔었다. 제레미는 이미 끝난 이야기의 한 부분이라고 생각했다. 그는 환상이 빚어낸 가슴 뛰는 짝사랑이었지만 실존 인물로서는 꽝이었고, 더욱이 나는 그의 팬클럽 회원으로 추가되고 싶은 마음이 전혀 없었다. 그래서 내 사물함 앞에서 나를 기다리고 있는 그를 보았을 때, 좀 놀랐다. 마치 《트와일라잇》을 읽고 있는데 갑자기 8장에서 해리포터가 나타난 것처럼. 이 사람 여기서 뭘 하고 있는 거지?

"오늘 합주실 갈 거야? 끝나고 내가 집에 태워다 줄 수 있는데."

그는 내 사물함의 옆 사물함에 느긋하게 기대며 물었다.

"얼만데?"

내가 묻자, 제레미는 특유의 매력적인 미소를 지으며 답했다.

"아, 그거. 그땐 그냥 좀 겁먹어서 그랬던 건데. 그 전날 밤에 아버지가 이제부터 내가 직접 벌어서 보험금, 휘발유값 다 내란 얘길 했거든. 멋대가리 없이 굴어서 미안해."

나는 그가 내 5달러를 돌려주길 기다리며 서 있었다.

그는 돌려주지 않았다.

잠깐의 불편한 침묵 후, 그는 말했다.

"아무튼, 오늘 내가 집까지 태워 줄까?"

"오늘 합주실 안 가. 내일 엄마가 큰 파티를 여시는데 가서 도와 드려야 돼."

나는 내 대수학 교과서를 집어 가방에 넣으며 말했다.

"아, 그래. 나도 그 소식 들었어. 밴드부 애들도 많이 가는 것 같던데. 나도 초대받은 거야?"

나는 아니, 라고 대답하고 싶은 유혹을 느꼈다. 그리고 다 말해 버리고 싶었다. 새라와 내가 올 가을 내내 그에게 푹 빠져 있었던 건 사실이지만 그의 진짜 모습을 알게 되어 그 마법의 주문은 깨져 버렸다고, 그리고 비록 내가 남자 친구도 없고 짝사랑하는 사람도 없지만, 몬스터와 타드를 보면서 아무 남자가 아니라 좋은 사람을 만나야 한다는 걸 배우게 됐다고, 더욱이 제레미는 몬스터를 반도 못 따라가는 남자이고, 솔직히 엄마의 후트내니에서 그의 얼굴은 좀 보이지 않았으면 좋겠——.

그때 제레미 뒤에서 나타난 몬스터가 그의 등을 치며 인사했다.

"잘 지냈냐?"

그 순간, 나는 제레미가 몬스터의 친구였다는 것을 기억했고, 몬스터의 친구는 누구든 내 친구일 수도 있다는 것을 기억했다.

"그럼. 와도 되지. 몬스터 선배도 오니까 태워 달라고 해. 그럼 휘발유값 아낄 수 있잖아."

"좋은 생각인데."

하며, 내게 윙크를 하는 제레미.

아아, 새라랑 나는 도대체 무슨 생각이었던 걸까?

입술에 붙은 마지막 곡물을 핥고 있는 로레타 린에게 나는 말했다.

"그래서, 난 제레미 선배하고도 잘 지내 볼까 해. 그렇지만 제레미 선배하고 사귀고 싶으냐고? 아니, 그건 아니올시다야."

몬스터와 짧은 키스를 나누고 난 후 2주 동안, 내가 어떤 남자 친구를 원하는지에 대해 많이 고민해 보았지만 특별히 떠오르는 생각이 없었다. 제이슨과 사귀고 있는 버비나는 나를 연주부의 누군가와 엮어 주고 싶어 하지만, 검은 티셔츠는 이제 좀 지겹다. 그리고 나는 8학년 때의 짝사랑 마크가 아직도 생각난다. 똑똑하고 멋지고 친절하고, 그리고…… 그래, 평범하던 아이.

바로 내가 그랬듯이.

"지루한 아이란 뜻이네."

금요일 점심시간, 내가 그 이야기를 했더니 버비나는 이렇게 말했다. 우리는 점심시간에 주로 식당에서 밥을 먹지만 마지막 10분은 옛정을 생각해 도서관을 찾는다. 제이슨도 함께한다. 비록 도서관은 그다지, 그의 표현을 빌자면 그의 '무대'가 아니지만. 그는 이따금씩 '레드 제플린'의 가사 한 부분, '잭 화이트'의 지혜 한 도막 등을 인용해 누군가의 말을 강조하지만 대개는 매직펜으로 자신의 팔에 낙서를 할 뿐 그다지 말을 하지 않는 편이다. 매직펜을 빼앗아 자기 팔에 낙서를 하려는 버비나에게 따질 때를 제외하고는.

커플 매직펜이 필요한 한 쌍이다.

"지루한 아이란 뜻 아니야."

나는 오직 사서 선생님이 지적하는지 아닌지를 보기 위해 엠엔엠스 초콜릿 한 알을 입속에 집어넣으며 말했다. 하지만 닭 모이에 대한 대화 이후, 사서 선생님은 '열린 마음'이 되어 한 번도 내게 '쉿' 하고 입에 손가락을 대며 주의를 주거나 하지 않았다.

사실은 좋은 사람이라는 걸, 나는 늘 알고 있었다.

"마크라는 애, 들어보니 심하게 지루한 애 같은데, 뭐. 그리고 너무 어려. 난 너랑 몬스터 선배, 서로 맘 있으면서도 왜 버티는지 모르겠어."

"몬스터 선배는 혼자 살고 있으니까. 내가 독립해서 사는 남자를 만날 준비가 됐는지 모르겠어."

"난 됐는데."

아양을 떨듯 말하며 버비나는 제이슨을 팔꿈치로 밀었다.

제이슨은 낙서를 하다 깜짝 놀란 얼굴로 고개를 들었다.

"우리 엄마는 나 나가서 살게 허락 안 해. 아직도 내 남동생이랑 방 같이 쓰게 한단 말이야."

한숨을 쉬는 버비나에게 나는 말했다.

"나는 그냥 평범한 남자였으면 좋겠어. 독립한 남자 말고, 팬클럽 모집하고 다니는 남자도 말고, 그냥 괜찮은, 평범한 애."

그러자 버비나는 내 눈을 똑바로 보고 말했다.

"있잖아, 제이니. 너도 평범한 애 아니야. 아니어도 한참 아니지. 평범함은 이미 15킬로미터쯤 전에 지나 왔어. 이미 떠나온 나라라고."

그 이후로 버비나의 그 말을 계속 생각했다. 헛간에 기대어 세워 둔 내 콜라주 작품을 보면서도. 이 작품은 내가 애초에 계획했던 콜라주는 아니었다. 석영 돌멩이, 파라솔, 잘라낸 단어들, 내가 그린 할런, 헤이즐 부부의 스케치로 나는 콜라주를 완성했고 그 작품이 마음에 들었다. 애쉬던 선생님은 완벽하리만큼 훌륭한 첫 시도라고 평했다.

"그렇긴 하지만 난 네가 더 잘할 수 있다는 생각이 들어. 너는 좀 더 큰 걸 할 수 있어."

선생님은 캣아이 안경 너머로 날 응시하며 말했다. '더 큰'이란 선생님의 표현은 '개념적으로 더 큰'이라는 뜻이었을 테지만, 나는 선생님 말을 한 단계 더 나아가 받아들였다. 나는 모든 면에서 더 큰 것을 만들었다. 커다란 것.

거대한 것을.

정확히는 콜라주가 아니다. 적어도 흔히 생각하는 콜라주는 아니다. 파운드 아트30라고 할 수도 있다. 라우션버그 식이라고 할 수도 있다. 애쉬던 선생님은 차를 타고 와서 이 작품을 보고는 포스트모던하다고 표현했다. 내게 A를 주기 직전에.

"그런데 저 십자가는 어디서 찾은 거야? 아름답다……. 그리고 좀 무섭기도 하고."

그래서 나는 할런, 헤이즐 부부와 셉티마 여사와 자유학교에 대해 이야기했다.

"그럼 그 십자가를 옆으로 누인 이유는?"

선생님은 헛간으로 좀 더 다가가며 물었다. 나는 그 십자가 둘레를 할런 할아버지네 마당에서 가져 온 돌들과 헤이즐 할머니의 허브 정원에서 찾은 로즈마리를 이용해 정원처럼 꾸며 두었다.

"이렇게 놓으니까 X자가 됐잖아요."

한쪽 눈썹을 올리는 선생님을 보니, 그다지 이해가 되지 않는 모양이었다.

"글씨 못 읽고 자기 이름 쓸 줄 모르는 사람들이 사인하는 방법이잖아요, X는."

그리고 나는 선생님에게 가까이 오라고 손짓했다.

"여기 십자가에 붙여 놓은 광칠한 종잇장들 보이세요? 셉티마 할머니께서 자유학교에서 발견한 공책 중 일부를 쓰게 해 주셨거든요. 여기 이건요,"

나는 삐뚤삐뚤한 필기체로 '매리 시몬스'라는 이름이 쓰인 띠를 가리켰다.

"시몬스 부인의 공책에 쓰여 있던 글씨고, 저건 조지 휘스넌트 씨가 연습하던 서명, 저기 저쪽 건 클레터스 밀러 씨 글씨예요."

다음 주말에 몬스터가 트럭을 몰고 오면, 우린 이 십자가를 자유학교로 옮길 것이다. 아틀랜타의 민권 변호사이자 할런 할아버지의 조카인 필립은 그 낡은 농가를 셉티마 여사에게로 넘겼다. 셉티마 여사는 패니 루 해머를 누구에게나 친숙한 이름으로 만들겠다는 계획을 계속해서 진행 중이다. 엠마 언니가 셉티마 여사를 도울 것이고, 우리 엄마도 도울 것이다. 봄에 자유학교가 다시 문을 열면, 새라와 나는 어린이들에게 읽기를 가르칠 것이다.

고등학교 생활을 시작한 후 지금까지 일어난 모든 일들을 생각해 보면, 글쎄, 그중 어느 것도 '평범'이라는 말에 해당되지 않는다. 버비나의 말이 맞았다. 나는 평범함에서 한참 멀어졌다. 다만, 평범함을 지나쳐 버린다고 해서 비정상이나 이상함이나 희한함의 범주로 넘어가는 것은 아니라는 것을 깨달았다. 대신 도달하는 곳은 사람들이 자유학교를 짓고 크게 살아갈 용기를 지니는 곳일지도 모른다.

신발에 염소 똥 좀 묻어도 너무 걱정하지 않는 곳 말이다.

6시 45분쯤 엄마는 심하게 불안해하기 시작했다. 후트내니는 7시에 시작하는데, 아무도 안 오면 어떡하지?

"아무도 안 오면 기분이 후트니니할 거야."

엄마의 표현에 너무 큰 웃음이 터져 버린 에이버리는 딸꾹질을 하기 시작했다. 우리는 5분 동안 에이버리의 딸꾹질을 멈추려고 물도 여러 잔 마시게 하고, 놀라게 하려고 문 뒤에서 튀어나와 보기도 했다.

모든 것이 거의 마무리된 6시 50분, 첫 번째 헤드라이트가 지평선 너머로 보이더니 그 뒤를 이어 마차 행렬처럼 여러 대의 미니밴과 작은 트럭이 이어진다. 헛간 벽에 기대 놓은 십자가에 누군가의 상향등 불빛이 비친다.

사람들이 다가와 이 십자가를 자세히 보았으면 좋겠다. 이 이름들을 읽었으면 좋겠다.

아빠가 엄마의 어깨에 팔을 두르고 말한다.

"가서 바이올린 조율하지 그래? 춤 파티가 될 것 같은데, 파트너."

이 후트내니의 대단한 모순이 무엇일까? 바로 우리 엄마는 악기를 연주할 줄 모른다는 것이다. 엄마는 그저 수많은 사람들이 둘러 앉아 악기를 연주하는 것을 '듣고 싶었던' 것이다.

확실히 평범함은 우리 가족의 내력이 아닌 것 같다.

9시 정각쯤 새라와 엠마 언니는 파티의 스타가 되어 있었다. 밴드부와 우쿨렐레 오케스트라가 자매의 아코디언 연주를 뒤에서 받쳐 준 뮤지컬 〈지붕 위의 바이올린〉의 '선라이즈, 선셋'은 사람들의 열정적인 합창을 이끌어냈다. 내가 사람들의 가장자리에 서서 그 모든 장면을 눈 속에 담고 있을 때, 몬스터가 내 옆으로 왔다. 등 뒤에 두 손을 감춘 채.

"왜 밴드부랑 같이 연주 안 해?"

하고 물으며 나는 몬스터가 무엇을 들고 있는지 보려고 노력했다. 그는 분명 뭔가를 들고 있었다.

"하려고 했어. 그런데 너희 어머니가 나한테 부탁을 하나 하셔서 말이야. 그러니까 눈 좀 감아 보면……."

나는 웃었지만 몬스터는 물러서지 않았다.

"눈 좀 꼭 감아 봐. 보여 줄 거 있단 말이야. 그리고 너, 나한테 고맙다고 절해야 돼. 너희 어머니가 사람들이 다 보는 앞에서 해야 한다는 거 내가 말렸단 말이야."

"뭐든 분부대로 하겠나이다."

나는 눈을 꼭 감으며 말했다.

몬스터가 내 머리 위에 뭔가를 올렸다. 나는 손을 뻗어 만져 보았다. 무엇인지는 알 수 없지만, 날카롭고 뾰족한 부분이 만져졌다.

"뭐야? 봐도 돼?"

나는 눈을 떴다. 몬스터가 미소 짓고 있다.

"해피 낀세아녜라, 열여섯 살 된 거 축하해."

머리에서 내린 것은 온갖 가짜 보석들이 헛간 천장에 매달린 파티 조명을 받아 블링블링한, 마치 《백설공주》에서나 나올 것 같은 아름다운 왕관이었다.

"너희 엄마가 직접 만드셨대. 일주일 내내 걸렸다는데."

"말도 안 돼! 우리 엄마가 이런 걸 만들었을 리가 없어. 엄마가 만들 수 있는 수준이 아니야."

"이거 만들다가 스웨터 네 벌 버리셨다는데."

"그건 우리 엄마 같은데."

갑자기 멀리서 내 이름을 부르는 소리가 들린다. 새라와 엠마 언니의 목소리다. 엠마 언니가 내 베이스를 들고 있다.

몬스터가 나를 떠민다.

"가 봐, 생일 주인공. 네 실력 보여 줘 봐."

"선배도 와."

대부분 알지도 못하는 많은 사람들 앞에서 가짜 다이아몬드가 박힌 왕관을 쓰고 베이스를 치는 내 모습을 그려 보니, 난 갑자기 긴장되고 조금은 쑥스러웠다.

"내 생일 아니잖아."

하면서도 그는 내 손을 잡고 그만의 미소를 활짝 지어 보였고, 클레즈머 음악 속에서 생일을 즐기러 우린 출발했다.

혹시라도 당신이 고민하고 있다면 말인데, 평범함이란 거, 참 과대평가되었다.

옮긴이 주

1 여성 최초로 미국 국무장관에 취임한 체코 출신의 정치인.

2 1983년 우주를 비행한 미국 최초의 여성 우주 비행사.

3 2007년에서 2011년까지 여성 최초로 미국 연방 하원의장을 지낸 정치인.

4 르네상스 시대에서도 주로 영국 엘리자베스 여왕 시대를 재현하는 야외 축제. 이 시대의 의복을 차려입고 노래나 연기를 하는 배우들이 배치되고, 관람객들이 참여할 수 있는 다양한 행사도 마련된다.

5 계모와 친부를 살해한 혐의로 미국 전역을 떠들썩하게 만든 용의자.

6 1930년대 미국을 떠들썩하게 만든 남녀 2인조 갱. 이들의 이야기는 〈우리에게 내일은 없다〉라는 영화로도 만들어졌다.

7 《세이브 미 더 왈츠》를 쓴 소설가이자 《위대한 개츠비》의 작가 F. 스콧 피츠제럴드의 아내. 1920년대 아이콘이자 최초의 미국 신여성이라 칭해지기도 했다. 다툼과 갈등 많은 결혼 생활을 한 것으로 알려져 있으며 정신병원에서 생을 마감했으나, 대범하고 독립적인 성격으로 주목을 받았다. 그림을 그리고 27세에 발레리나가 되려고 시도하는 등 예술가로서 자신만의 정체성을 찾기 위해 노력한, 평생 창작열을 불태운 여성이었다.

8 1910년경 조직된 '바커 갱단'의 두목이자 구성원들의 어머니로 FBI와의 총격전 중 사망했다.

9 바글바글한 생쥐들을 무사히 목적지로 이동시키는 컴퓨터 게임.

10 인종 차별주의자 극우 비밀 단체인 KKK단은 20세기 초부터 자신들의 믿음을 상징하는 의미로 언덕이나 위협하려는 사람의 집 마당에 십자가를 꽂고 불에 태우는 행위를 했다.

11 1950년대에서 1980년대에 이르는 동안 활발하게 일어났던, 법 앞에 모든 사람이 평등한 사회를 만들려는 세계적 운동으로 주로 비폭력 저항의 형태로 변화를 이끌어 내려 했다. 이 책에서 언급되는 민권 운동은 미국의 흑인 민권 운동으로, 흑인을 차별하는 법을 철폐하고 흑인의 참정권을 얻어 내기 위해 1950년대에서 60년대까지 일어난 시민운동이다.

12 노스 캐롤라이나가 연고지인 미국의 인기 마이너 리그 야구팀.

13 숲, 언덕 등으로 이루어진 험하고 긴 코스를 달리는 육상 경기.

14 묵직한 주머니를 계속해서 발로 공중에 띄우는 제기차기와 닮은 놀이, 또는 그 놀이를 위한 주머니.

15 옥수수 가루 반죽을 작은 크기로 튀겨낸 미국 남부 음식.

16 누구든 신청하면 무대의 마이크 앞에서 노래, 연주, 낭송, 스탠딩 코미디 등 공연을 할 수 있는 행사.

17 기타 모양의 컨트롤러로 각종 록 음악의 리드 기타, 베이스 기타, 리듬 기타 등을 가상으로 연주하는 게임.

18 버스 등의 공공 교통수단에서 편리한 좌석들은 백인 전용이고 서 있는 백인에게는 가장 가까운 흑인이 자리를 양보해야 하는 등의 인종 차별적인 관습과 이를 뒷받침하는 주 법원의 법을 바꾸어, 누구나 평등하게 교통수단을 이용할 수 있게 하고자 1961년 미국 남부에서 흑인과 백인 운동가들이 함께 버스에 오른 비폭력 평화 시위를 '프리덤 라이드'라 하고, 그 운동가들을 '프리덤 라이더즈'라 한다. '프리덤 라이드'는 최초 소수 인원으로 시작되었으나, 이 운동에 대한 KKK단과 앨라배마 주 정부의 폭력적 진압이 텔레비전으로 알려지면서 전국적인 시위로 확산되었으며 결국 '짐 크로우 법'이라 불리던 해당 인종 차별법은 철폐되었다.

19 노예로 태어난 아프리카계 미국인으로, 노예 해방 이후 흑인들이 스스로를 계발하고 사회에서 인정받도록 하겠다는 뜻을 품고 평생 교육자, 연설가, 저술가로 활동하며 흑인 사회의 지도자 역할을 한 인물.

20 마틴 루터 킹 목사의 업적을 기리기 위해 공휴일로 지정된 그의 탄생일. 실제로는 1월 15일이 생일이나 1월 셋째 주 월요일로 지정되었다.

21 'I am large, I contain multitudes.' 19세기 미국 시인 휘트먼의 시 중 일부.

22 푼 계란을 채소, 고기 등의 재료와 함께 낮은 불에 천천히 익혀 만드는 이탈리아식 계란 요리.

23 보수주의는 관습적인 것, 즉 전통을 굳게 지키고 그 기반으로 변화에 점진적으로 적응하는 정치 이념을 말한다. 지역과 문화에 따라 그 의미가 다르며 여러 분파로 분류될 수 있다. 그중 재정적 보수주의는 정부가 지출과 부채에 신중을 기해야 한다는 재정 운용에 관한 보수주의를 의미하며, 사회적 보수주의는 낙태, 배아줄기세포 연구, 입양, 동성혼 등에 반대하고 전통적 가족의 가치를 수호하는 보수주의를 의미한다고 요약할 수 있다.(출처: 위키피디아)

24 마이클 조던에 비견되는 NBA 스타 농구 선수.

25 워싱턴 어빙의 18세기 고전 《슬리피 할로우의 전설》의 주인공.

26 마늘, 바질, 잣 등을 갈아 가열하지 않고 만든 이탈리아 소스.

27 "We'll always have paris." 1942년의 영화 〈카사블랑카〉에서 남자 주인공이, 파리에서 행복한 한때를 함께 보낸 옛사랑을 위로하며 건네는 유명한 대사.

28 12~14세 여자아이들이 맞이하는 유대교의 성인식.

29 여자아이의 만 15세 생일을 축하하는 멕시코의 성인식.

30 '발견된 오브제'라고도 한다. 이미 다른 용도가 있는 물건을, 대체로 원래의 모습을 유지한 채 작품으로 재탄생시킨 것을 말한다.

닭이 울고 염소들이 반기는 작은 농장에서 사는 열다섯 제이니는 한때 농장을 사랑했다. 하지만 고등학교에 입학하자마자, 농장에 사는 아이라는 사실은 부정하고 싶은 사실이 된다. 아이들에게 놀림을 받는 몇몇 사고를 겪고 나서 종전까지 아무런 문제 없던, 아니, 사랑했던 '농장 소녀'라는 자신의 일면이 갑자기 이보다 부적절하고 희한할 수는 없다고 다가왔기 때문이다. 멋진 고등학교 생활을 꿈꾸지만 두 달이 넘도록 원치 않게 혼자 점심을 먹으며 외로워하는 제이니는 튀지 않는, 수치심 겪을 일 없는 '평범한 아이'가 되고 싶다. 완벽히 섞여 들여, 꿈꾸던 고교 생활을 해 나가고 싶다.

그리고 평범해지겠다는 간절한 바람과는 점점 먼 곳으로, 이야기는 제이니를 데려가며 이야기는 펼쳐진다.

하지만 그 여정에는 처음 잡아 보는 베이스 기타와 쿵쿵 짜릿한 즉흥 연주 밴드부가 있다. 동경하는 멋진 언니와의 동행도. '자유학교'라는 이름의 학교도. 후트…… 어쩌고 하는 별난 이름의 음악 축제도. 그리고 더없이 자신다워서 멋진 빨간 머리 소년도 있다.

다락방N 첫 번째 책 《Falling In—거기 마녀가》에서 '다르다'는 사실을 받아들이는 시각과 우리가 겪지 않아도 좋을 상처를 다루었던 작가는 이번에도 그 같은 격려가 담긴, 그러나 한층 더 유쾌한 이야기를 선사한다. 우리 대부분에게, 어쩌면 모르는 사이에도 다가왔다 지나가는 딜레마를 담고 있다. 저마다 답을 내리고, 또 되돌아보고, 어느새 새 답을 발견하기도 하는.

어쩌다 보니 흥겨운 어딘가에 도착해 버린, 그리고 앞으로도 길은 이어질 제이니의 이야기가 독자들에게 또 하나의 즐거운 시야로 다가간다면 신나는 일일 것 같다. 제이니가 느낀 그 '느낌'이 전해진다면 더욱.

그토록 간절했던 평범함 굿바이

초판 1쇄_ 2012년 10월 25일
지은이_프랜시스 오록 도웰
옮긴이_강나은
펴낸이_유승희
펴낸곳_도서출판 또하나의문화
주소_서울 마포구 와우산로 174-5 대재빌라302호
전화_02-324-7486 팩스_02-323-2934
전자우편_tomoon@tomoon.com
누리집_www.tomoon.com
등록번호_제9-129호(1987.12.29)
ISBN 978-89-85635-94-3 43840

* 이 도서의 국립중앙도서관 출판시도서목록(CIP)는 e-CIP 홈페이지(http://www.nl.go.kr/ecip)와
국가자료공동목록시스템(http://www.nl.go.kr/kolisnet)에서 이용하실 수 있습니다.(CIP 제어번
호: CIP2012004707)